角川春樹事務所

本書は時代小説文庫（ハルキ文庫）の書き下ろし作品です。

目次

着物始末暦
舞台地図

大川（隅田川）
昌平橋
神田川
筋違御門
和泉橋
新シ橋
柳原通
浅草御門
両国橋
●米沢町
『井筒屋』
●岩本町
一膳飯屋『だるまや』
大川（隅田川）
●白壁町
余一の住まい
●大伝馬町
紙問屋『桐屋』
一石橋
江戸橋
日本橋
●日本橋通町
呉服太物問屋『大隅屋』
呉服橋

北
西
東
南
湯島天神
不忍池
上野
浅草
外濠
神田明神
神田
神田川
両国橋
江戸城
丸の内
日本橋
八丁堀

主要登場人物一覧

余一（よいち）　神田白壁町できものの始末屋を営む。

綾太郎（あやたろう）　日本橋通町にある呉服太物問屋『大隅屋』の若旦那。

六助（ろくすけ）　柳原にある古着屋の店主。余一の古馴染みで、お調子者。

お糸（いと）　神田岩本町にある一膳飯屋『だるまや』の娘。

清八（せいはち）　一膳飯屋『だるまや』の主人。お糸の父親。

お玉（たま）　大伝馬町にある紙問屋『桐屋』の娘。綾太郎の妻。

おみつ　お糸の幼馴染み。お玉の嫁入りで『大隅屋』の奉公人になる。

雪とけ柳

着物始末暦（四）

禁色

一

年の初めは気が引き締まる。

まして、綾太郎(あやたろう)にとっては嫁を取って初めての正月だ。今までになく気合を入れて正月二日の朝を迎えた。

父は年始回りに出かけていて、自分が初売りを仕切ることになっている。空は気持ちよく晴れ渡り、風も実に穏やかだ。念入りに掃除をした店内には正月飾りが施され、いつも以上に華やいでいる。

商い始めでつまずけば、今後の障りになるだろう。「始めよければ終わりよし」と世間の人も言っている。

綾太郎は背筋を伸ばし、手代(てだい)や番頭を見回した。

「新年早々、大隅屋(おおすみや)まで足を運んでくださるお客様です。よりいっそう心を込めてお迎えしておくれ」

大きな声ではなかったが、新しいお仕着せの奉公人は神妙な面持ちで「はい、若旦那」と声を揃える。江戸一番の本両替商、後藤屋の孫娘お玉を妻に迎え、奉公人の間でも自分の株は上がったようだ。

いずれは、おとっつぁんに代わってあたしが六代目孫兵衛を名乗ることになるんだもの。いつまでも軽く見てもらっちゃあ困るんだよ。

ひそかに小鼻をふくらませたとき、最初の客が訪れた。

「いらっしゃいませ。明けましておめでとうございます」

「今年も大隅屋をよろしくお願いいたします」

「ああ、おめでとう」

「今年もお世話になります」

その後も間を置かずに次々客が訪れる。幸先のいい滑り出しに綾太郎がほっとしたとき、上得意の着ている覚えのないきものに気が付いた。

「大和屋の御新造さん、明けましておめでとうございます。そちらの御召し物はどちらで誂えられたんでしょう」

一つ紋の桜鼠（灰色がかった桜色）の小袖に寿の文字が織りだされた臙脂の帯——

正月らしい出で立ちは御新造によく似合っていたが、大隅屋で誂えたものではない。問い詰めるような口を利けば、相手は意味ありげに微笑んだ。

「これは母のきものを染め直したものなの。他所で誂えたきものなんて、わざわざ着て来ないわよ」

さっそくのしくじりに綾太郎が赤くなると、すかさず追い打ちをかけられる。

「若旦那のお嫁さんは大変だわね。やきもち妬きの旦那様で」

「それはその、あの、本当に申し訳ありません」

容赦のないからかいが親しみからだとわかっていても、人目のある店先で、奉公人の手前もある。笑顔の相手を恨めしく思いながら、綾太郎は繰り返し頭を下げた。

その後も何度か小さいしくじりはしたものの、客の入りは上々で、売れ行きもいい。まずまずの初売りだと満足しかけた暮れ六ツ（午後六時）前、耳を疑うような話が飛び込んできた。

「井筒屋が店を開けなかったって」

「はい。雨戸は一日中下ろされたまま、いつから商いを始めるという張り紙すらありませんでした」

様子を見に行かせた手代の俊三が早口でまくしたてる。綾太郎は眉をひそめた。

京の老舗呉服問屋、井筒屋が江戸店を開く――そう父に言われたのは去年の九月のことである。暮れには、井筒屋の番頭を名乗る男が「来年の正月から、こちらでの商いを始めさせてもらいます」と挨拶に来たとも聞いている。

にもかかわらず、二日に店を開けないなんてよほどの不都合があったのか。腕を組んで考え込めば、俊三が言葉を続けた。

「慣れない土地での正月に、小僧たちが連れだって逃げ出したんじゃありませんか」

「たかが小僧が逃げたくらいで、初売りを止めたりしないだろう」

綾太郎が異を唱えると、手代は大きくかぶりを振る。

「三人四人と連れだって逃げ出せば、放ってはおけません。金に困った小僧たちが食い逃げでもしたら、とんだ恥さらしになりますからね」

――はるばる江戸まで連れて来て、小僧に飯も食わせないのか。

――上方者はケチだからな。

口の悪い江戸っ子はここぞと囃したてるだろう。町方役人に知られれば、話が大きくなるのは必定だ。

「ですから、店中の者で小僧たちを捜しているんです。きっと」

「なるほど、そうかもしれないね」

かなり疑わしい当て推量だが、さりとて違うとも言い切れない。綾太郎はあいまいにうなずいた。

上方の商人は江戸店を開く際、番頭や手代はもちろんのこと、これから奉公を始める小僧たちまで在所の者を引き連れてくる。彼らは一度江戸に下れば、何年も故郷に戻れなかった。

「商いを支える番頭や手代はともかく、小僧くらい江戸で雇えばいいのにね。どうして上方の商人は在所の者しか使わないんだろう」

江戸で新たに雇うのはあくまで下働きに限られており、どれほど長く奉公しようと手代や番頭になることはない。ところによって商いに対する考えや、やり方が違っていたとしても、小僧のうちから仕込んでしまえば何の不都合もないはずだが。

せっかく江戸まで連れてきても、知らない土地で身体を壊して帰される小僧も多いと聞く。綾太郎の呟きに俊三がぴしゃりと膝を打った。

「若旦那のおっしゃる通りです。とかく他所から来た者は『飽きっぽい江戸っ子に商いは向かない』と言いますが、言いがかりもいいところです。商いに向く、向かないは生まれ在所で決まるものじゃありません」

将軍様のお膝元、侍と坊主の多い江戸では金にこだわらないことが美徳とされる。

身分の高い侍は不浄な金に触れたりせず、買い物をする際には供の者が支払いをする。さもなければ、財布ごと相手に渡して代金を取らせる。無論、戻った財布はそのまま懐にしまう。人前で財布を検めるなど、武士の沽券に関わるからだ。

上に立つ者がその調子だから、江戸っ子は金にうるさい者を見下したがる。ことさら「士農工商」と言い立てなくても、一文二文に目くじらを立てる商人は白い目で見られやすかった。

――おいらは大工の棟梁になる。

――俺は火消しの纏持ちだ。

――江戸で一番の料理人になりてぇ。

貧しい日雇いの子供ですら、将来の夢を尋ねれば、そんな答えが返ってくる。たとえ暮らしが苦しくても、「商人になって金を儲ける」と口にする子はあまりいない。

綾太郎だって通町に店を構える呉服太物問屋、大隅屋の跡継ぎでなかったら、「商人なんてろくなもんじゃない」と思っていたかもしれなかった。

だからといって、商人の倅しか商人にならない訳ではない。俊三は大工の倅だが、十三で大隅屋の小僧になった。大工見習いを始めた矢先に、父親が材木の下敷きになってまともに歩けなくなったからだ。

――職人なら腕一本、身体ひとつで食っていける。

それが元気だった頃の父親の口癖だったという。だが、怪我を負って事情が変わり、俊三は商人になることを決意した。

たとえ名人上手と謳われようと、職人は動けなくなったらおしまいだ。しかも「宵越しの銭は持たねぇ」といきがっているから、蓄えなんてほとんどない。病か怪我で倒れれば、たちまち暮らしに行き詰まる。

「金と痰壺はたまるほど汚い」なんて、貧乏人の負け惜しみだ。金がないから、人はどんな汚いことでもするようになるんじゃないか。俊三は質屋に通う母を見て、子供心に思ったらしい。

同時に「どうせ奉公するなら大店がいい」と思ったものの、怪我をした大工とその倅に伝手などあろうはずがない。口入れ屋にもそっぽを向かれていたとき、綾太郎の父に拾われた。

――大隅屋の初代孫兵衛様は、呉服の担ぎ商いから身を起こしたと聞いています。おいらも立身できるように頑張ります。

奉公に来たばかりの頃、俊三は頬を真っ赤にして幼い綾太郎に頭を下げた。あれから十五年、今ではどこからどう見ても立派な商家の手代である。

「江戸に大店は多いですが、江戸者に商いを仕込んでくださるお店は限られています。手前は運がよかったです」

「おとっつぁんだって、俊三を雇うことができて運がよかったと思っているさ。うちは江戸っ子が開いた、江戸っ子のための呉服太物問屋だからね」

昔話に相槌を打ちながら、綾太郎は腹の中で別のことを考えていた。

はっきりしたことはわからないが、井筒屋が江戸での商いにつまずいたのは確かなようだ。京でも指折りの老舗と聞いてひそかに身構えていたけれど、たいしたことはないじゃないか。

そこへ挨拶回りを終えた父が帰ってきた。

「おとっつぁん、お帰り」

「ただいま。初売りのほうはどうだった」

「上首尾だよ。それより井筒屋の話は聞いたかい」

「さっそく何かあったのか」

怪訝な顔で尋ねられ、綾太郎は勢い込む。

「その逆さ。井筒屋は今日、店を開けなかったんだよ」

初めからこの体たらくでは、うちの商売敵じゃない。笑みを浮かべて決めつければ、父の表情が険しくなった。

「相手の商いを見る前に見下してどうする」

「だって、肝心の商い始めをしくじるなんて」

「井筒屋が正月二日から店を開けると誰が言った。番頭は正月から商いを始めると言っただけだろう」

「えっ」

思いがけない言葉を聞いて、綾太郎は目をしばたたく。初売りは正月二日と決まっているから、当然その日に店を開けると勝手に思い込んでいた。

「二日に店を開けたって、馴染みのいない店に客が来るかわからない。私だったら、その日は避ける」

父の言葉の正しさは三日後に裏付けられた。

「若旦那、立派な乗り物が井筒屋の前に並んでおります」

「何だって」

俊三の言葉に驚いて綾太郎が様子を見に行くと、井筒屋の前には四枚肩の乗り物と供侍が列を作って控えている。いったい何事だと思っていたら、店の中からきらびやかな身なりの女たちが次々に姿を現した。

「よい店ができてこれからが楽しみじゃ」

「やはり呉服は京のものが一番です」

「おおきにありがとうさんどす」

「これからどうぞ贔屓(ひいき)に」

乗り物がゆるゆると動き出すまで、店の者は揃って頭を下げている。通りすがりの江戸っ子の小声で話す声がした。

「こいつぁ、いってぇ何の店だい」

「京の老舗の呉服屋だとさ」

「並みの呉服屋は武家屋敷に呼ばれるもんだろう。客のほうから出向くなんて、よっぽどすげぇ店なんだな」

「そりゃ、京の老舗だからな」

感心しきりの様子を見て、綾太郎は歯噛(はが)みする。

年が明けて三日を過ぎれば、年始の挨拶もほぼ終わる。暮れから正月にかけて屋敷に閉じこもっていた奥方たちに、「どうか一番にお越しください」と、井筒屋は声をかけたのだろう。

ふん、身分の高い方々が何だってんだ。調子に乗って掛け売りすると、大やけどをしかねないよ。世の中には台所が火の車の大名旗本が多いんだからね。

遠ざかる乗り物を見つめながら、綾太郎は腹の中で吐き捨てた。

そして一月十日には、さらに驚くべきことが起きた。

「若旦那、これをご覧ください」

息を切らした俊三が見慣れない紙を差し出す。帳場にいた綾太郎が何事かと思って見れば、それは井筒屋の引き札だった。

「これをどこで手に入れたんだい」

「うちの店のすぐ近くです。井筒屋の奴らときたら、大隅屋に来た客に引き札を手渡していたんですよ」

「何だって」

眉をつり上げて立ち上がれば、怪訝そうな客と目が合う。咳払い（せきばら）いして座り直すと、俊三が小さな声で言った。

「引き札を配っていた連中は手前が追い払いましたので、ご安心ください。それにしても無礼なやり口です」

「まったくだ。番頭さん、ちょっと外すからね」

詳しい話を聞くために、綾太郎は俊三を連れて奥に行く。畳に腰を下ろしてから、しわの寄った引き札を目の前に掲げた。

井筒屋呉服店江戸店
足利の御代から続く京の呉服屋
江戸両国に初お目見え
京の本店と同じ品々をご用意しており〼

「何が足利の御代から続く京の呉服屋だ。今は徳川の御代だってんだ」

色鮮やかな引き札を睨み、綾太郎が口を尖らす。

開店直後に引き札を配るのはよくあるが、普通は紙一面に宣伝を並べたて、絵柄が入っていても黒一色のものが多い。

ところが、井筒屋の引き札は五色も使って鶴亀と松竹梅を描いている。しかも宣伝はごくわずかで、文字が絵にかからないように配されていた。

これだけ凝った作りなら、かなり割高だったはずだ。金にうるさい上方者がこんな引き札を配るなんて。

「江戸と上方じゃ、きものの好みだって違うんだ。京と同じ品があればいいってもんじゃないんだから」

くやしまぎれに続ければ、俊三が「ここをご覧になってください」と引き札の左端を指す。そこにはごく小さな文字で「この引き札を五枚集めてお持ちになった娘さんに絹のしごきを差し上げ〼」と書かれていた。

しごき欲しさに引き札を集めるような娘たちが裕福だとは思えない。自分なら「当店できものを誂えてくださった方に絹のしごきを差し上げ〼」と大書きするところである。にわかに信じられなくて、目を丸くして読み返す。

ややして口から漏れたのは、我ながら弱々しい声だった。

「井筒屋はこの引き札をどれくらい配るつもりだろう」

「ずいぶん金をかけたようですから、相場よりかなり多く摺っているんじゃありませんか。しかも五枚集めれば、絹のしごきと引き換えるというんです。娘たちがこれを知ったら、目の色を変えて飛びつきますよ」

しごきとは外出の際、女がきものの裾をたくし上げて落ちないように縛るものだ。芸者や遊女は手で裾を持ち、貧乏人のきものの丈は元から短いことが多いが、ほとんどの町娘は帯の下にしごきを締めて歩いていた。

引き札とはその名の通り「客を引く」ために配るものだが、ここまで派手に金をかけて果たして元が取れるのか。

相手の狙いが摑みきれず、綾太郎は手の中の引き札を力任せに握り締めた。

二

思った通り、井筒屋の引き札は江戸の娘を夢中にさせた。

何としても五枚集めようと、人と顔を合わせるたびに「井筒屋の引き札を持っていたら、あたしにちょうだい」と訴える。おかげで、井筒屋呉服店の名はあっという間に男たちにも広まった。

「これが狙いだったのか」

あざとい手法がまんまと当たり、綾太郎はほぞを嚙む。

引き札が配られて三日しか経っていないのに、早くも五枚集めてしごきを手に入れた娘もいるようだ。古びた木綿の綿入れに真新しい絹のしごきを締めて得意顔で歩いている。俊三によれば、井筒屋の店先には大勢の客が押しかけているとか。

「大半は引き札を集めた娘たちだ。店が儲かっている訳じゃないさ」

顔をしかめてうそぶけば、俊三がくやしそうに言う。

「それが娘ばかりじゃないんです。手前は通りからのぞいただけですが、大年増や白髪頭の隠居までいるようで」

言われて綾太郎は不安になったが、俊三に「もっとよく調べて来い」とは言いづらい。呉服屋の客は懐が温かい者ばかりだから、奉公人の俊三はすぐに怪しまれるだろう。とはいえ、綾太郎が自ら乗り込むのもためらわれる。

若夫婦のために建て増しされた部屋に戻って考え込んでいたら、お玉がお茶を運んで来た。

「何か悩み事ですか」

小首をかしげる新妻は未だに髪を島田に結い、眉も残したままである。前から娘を欲しがっていた母のお園が「しばらくこのままでいてちょうだい」と、嫁に頼んだからだった。

――女は眉を落とすと、派手な色柄のきものが似合わなくなるの。お玉はまだ若いんだし、急いで老け込むことはないわ。

大隅屋においで、家付き娘の御新造に文句を言える男はいない。今日のお玉は貝合わせの裾模様が入った卵色の小袖を着て、源氏香柄が織り込まれた草色の帯を締めている。恐らく今日も母と一緒にどこかへ出かけたのだろう。贅を凝らした装いの妻を綾太郎はじっと見つめた。

今でこそ母に連れられて芝居見物や買い物に出かけるようになったものの、嫁入り前のお玉は外出が嫌いだったという。まして江戸に来たばかりの井筒屋なら、大隅屋の嫁とは気付くまい。

綾太郎は背筋を伸ばして、「お玉」と呼びかけた。

「ちょっと頼みがあるんだが」

「はい、何でしょう」

居住まいを正して切りだせば、お玉も顔を引き締める。考えてみれば、改まってものを頼むのは初めてだった。

「明日にでも井筒屋に行って、どんな店か見て来ておくれ」

「お断りします」

間髪を容れずに断ったのは、お玉ではなく後ろに控えていた女中である。綾太郎はしばし呆気にとられ、それから眉をつり上げた。

「あたしはお玉に言ったんだ。たかが女中の分際で横から口を挟むんじゃない」

「そうよ。おみつ、お控えなさい」

さすがにお玉も驚いたようで、女中に厳しい目を向ける。ところが、おみつは悪びれもせずに険しい表情で言い返した。

「井筒屋といえば大隅屋の商売敵で、いわば敵陣じゃありませんか。そんな物騒なところにお嬢さんを行かせる訳には参りません。どうしてもとおっしゃるのなら、あたしが行って参ります」

まるで討ち入りに出向く侍のごとき言い分に、綾太郎の頬が引きつる。お玉の実家からただ一人ついて来たこの女中は、「この世でお嬢さんが一番大事」と口に出してはばからない。二六時中主人のそばから離れないため、綾太郎は夜しか新妻と二人きりになれない始末だ。

親の決めた許嫁でも、お玉の器量と性分は好ましいと思っている。お嬢さん育ちの割に、ちゃんと己の考えを持っているのもいいと思う。

とはいえ、付き従う女中にまで考えを言わせるつもりはない。こっぴどく叱ってやりたいけれど、お玉はこのうるさい女中を誰より頼りにしていた。

ここであまり強く叱ると、おみつよりお玉が困るだろう。綾太郎は不本意ながら、努めて穏やかな声を出す。

「そんなにお玉が心配なら二人で行ってくればいい。おまえがひとりで行ったところで、きものの良し悪しはわからないだろう」

精一杯譲ってやると、お玉がほっとしたような顔をする。しかし、おみつは思いの外強情だった。

「あたしに見る目がないとおっしゃるなら、江戸一番のきものの目利きと井筒屋に行ってまいります。お嬢さんが出向くことはありません」

どうやら、おみつは何が何でもお玉を行かせたくないらしい。

いくら商売敵の店でも、取って食われる訳ではない。とことん楯突く女中に綾太郎の堪忍袋の緒が切れかける。だが、叱り飛ばす前に相手の言う「きものの目利き」の正体をはっきりさせておきたい。

「そりゃ、誰のことだい」

「若旦那もご存じの、きものの始末屋の余一さんです」

よく知った名を挙げられて、綾太郎は飲みかけた茶を噴き出しそうになった。

余一は古いきものや汚れたきものをよみがえらせる職人だ。その神がかった腕前はこちらも認めるところだけれど、あいにく相性は最悪である。

――おれは金持ちのきものを始末するのが嫌いなんだ。

――ろくすっぽ袖も通さねぇもんの染みを落として何になる。

出会ってすぐに綾太郎が仕事を頼もうとしたとき、偏屈な職人はけんもほろろに断った。以来、いつか吠え面をかかせてやりたいと思っているのに、気が付けばしてやられているか、なぜか助けられている。

あの男にきものを見る目があるのは認めるが、生意気な女中の言い分に同意するのは業腹だ。綾太郎は眉根を寄せて、わざと大きなため息をつく。

「あたしがお玉に頼んだのは、呉服屋がどういうところかよくわかっているからさ。余一は呉服屋で買い物なんぞしたことがないだろう。奴を連れて行ったって何の役にも立たないよ」

「そんなことはありません。お嬢さんだってそう思いますよね」

「ええ、余一さんは並みの人が見過ごすような細かいところに気付くから。でも、そんなことまで頼んでいいのかしら」

お玉まで余一を知っているとわかり、綾太郎はますますふてくされる。

金持ちは嫌いだと言ったのに、女子供は別なのか。油断も隙もありゃしないと、女中の顔を横目で睨む。

「あの人嫌いとどうやって知り合ったのさ」

「あたしの幼馴染みが余一さんと親しいんです。その縁で、あたしも何度か相談に乗ってもらいました」

「へえ。あんな偏屈と親しいなんて、幼馴染みはおまえと違ってよっぽど心が広いんだろうね」

嫌味たらしく言い返せば、おみつは意味ありげに微笑んだ。

「はい、幼馴染みはあたしと違ってたいそう器量よしで、やさしいんです。お会いになれば、若旦那もきっと気に入られると思います」

どうして、あたしがおまえなんかの幼馴染みを――綾太郎はそう思い、次の瞬間はっとした。

幼馴染みということは、おみつと年が近いはずだ。おまけに「余一と親しい器量よし」と言ったら、考えられるのはひとりしかいない。

世間は狭いというけれど、いくら何でも狭すぎるだろう。にわかに痛み出したこめかみを指で強く押さえると、おみつの声が大きくなった。

「幼馴染みはお糸ちゃんといって、だるまやという一膳飯屋のひとり娘なんです」

「へ、へえ」

「お糸ちゃんとあたしはとっても仲がいいんです。互いの身に起こったことなら何でも知っているんですから」

おみつはそう言ってから、勝ち誇った様子で口の端を引き上げる。綾太郎は平静を装いつつ、お玉に聞いた。

「その器量よしにお玉は会ったことがあるのかい」

「いいえ、いずれお会いしたいと思っていますけど」

「そのうち連れて参ります。きっと、お嬢さんが知らない話をいろいろ聞かせてくれますよ」

あてつけがましいおみつの言葉を綾太郎は遮った。

「そ、それはそうと、忙しい余一に無理を言うもんじゃないよ。第一、あのひねくれ者が素直に手伝うとは思えないし」

「そんなことありません。あたしが頼めばきっと」

「いや、やっぱりあたしがこの目で見てくる。お玉も今の話は聞かなかったことにしておくれ」

お玉は小さくうなずいたものの、とまどった表情を浮かべている。綾太郎は食えない女中を腹の中で罵った。

お糸にちょっかいを出したのは、お玉と祝言を挙げる前だ。何より手を出す前に振られているから、やましいところはまったくない。だが、だからこそお玉には知られたくなかった。

大事なお嬢さんの亭主を脅すなんて、奉公人の風上に置けないよ。この仇はいずれ取ってやるからね。

綾太郎はふくれっ面で冷めたお茶を飲み干した。


それからさらに数日が経ち、今度は男たちが井筒屋のしごきについて陰でこそこそ言い始めた。

「なるほど、おめぇの言った通りだ。赤いしごきはめったにいねぇ美人だぜ」

「どうやら、色が薄くなるにつれて器量が落ちるらしい」

「そういや、さっきの桃色は十人並みだった」

「だったら、あすこにいる桜色のしごきはとんだおかめに違いねぇ」

飛びかう噂を俊三がまとめたところ、井筒屋は娘の容姿によってしごきの色を変えているらしい。

「つまり、井筒屋がしごきの色で美人番付をしているってことかい」

「はい。どうもそのようです」

驚く綾太郎の前で、手代は大きくうなずいた。

「真っ赤なしごきはとびきりの美人にのみ配られ、人並みやそれより劣る器量の娘には桃色や桜色といった色の薄いものが配られているようです。手前も道すがら気を付けて見てみましたが、確かにその通りのようで」

「ふうん」

「京の呉服屋にしては味な真似をすると、長屋住まいの男たちまで井筒屋の噂で持ちきりです。若旦那、大隅屋でも何か評判になることをなすったほうが」

「評判になるって、たとえば何を」

「ですから、娘たちが喜びそうなものを配るとか、思い切った値引きをするとか」

「いくら評判を取ったところで、儲からなければ意味がない。損を承知の無謀な商いはできないよ」

「それはおっしゃる通りですが……上方から来た新参者に巷の話題をさらわれるなんて、癪に障るじゃありませんか」

俊三のくやしい気持ちはわかるが、井筒屋の真似はしたくない。何より、娘の器量でしごきの色を変えるというやり口は気に入らなかった。

引き札を集めた娘たちは、どんな色でも喜んで受け取っただろう。品定めをされているなんて夢にも思っていないはずだ。

「そんな噂が広まったら、せっかくしごきを手に入れたって使いづらくなるだろうね。

薄い色を締めていたら、あたしは不細工ですと言っているようなものだもの」

「ですが、赤いしごきをもらった娘はなおさら得意になりますよ。ひょっとしたら、それが井筒屋の真の狙いかもしれません」

「どういうことだい」

「井筒屋の赤いしごきが美人の証(あかし)という評判が立てば、金を払ってでも赤いしごきを欲しがる娘が出てくるでしょう。井筒屋は赤いしごきを大量に仕入れ、それをまとめてさばく気では」

「だけど、新しい絹のしごきなんて誰でも買えるものじゃないよ。そうは問屋が卸さないと思うけどね」

綾太郎は眉をひそめたが、俊三の読みは一部当たっていたらしい。数日のうちに赤い絹のしごきを締めた娘を頻繁に見かけるようになり、色の薄いしごきは目にすることが少なくなった。

さてそうなると、男たちはますます品定めに力を入れる。あちこちで額を突き合わせ、通りを行き交う娘たちの「真贋(しんがん)」について話し合う。

「近頃はまがいもんの赤いしごきが多いからな。今通った娘なんざ、絶対にてめぇで買ったもんだぜ」

「その前の娘もそうだろう。いくら赤いしごきを締めたところで、顔を見れば買ったものだとわかるのに」

「俺が聞いた話じゃ、井筒屋の赤いしごきは引き札と引き換えにもらえるのと、売りもんは色が違うとか」

「へえ」

「美人に配られる赤いしごきは韓紅（からくれない）という色で、赤の中でも特に値の張る真っ赤だそうだ。そんで売り物のほうはいくらか黄味がかっているんだと」

「ふうん」

「しかも、韓紅のしごきはまだ十本しか配られていねぇってさ」

「おめぇ、やけに詳しいな」

「つうことは、赤いしごきのほとんどがまがいもんかよ」

「値の張るほうをタダでべっぴんに配るなんて、井筒屋もなかなかやるじゃねぇか」

「こりゃ、ちょっとした宝探しだ」

そんなやり取りを聞くにつけ、綾太郎は苛立（いらだ）ちを深めていた。

一口に「赤」といっても、その色合いはひとつではない。そのため、呼び名も色味に応じて「茜（あかね）」「緋（あけ）」「紅（くれない）」「朱（しゅ）」「蘇芳（すおう）」などいくつもある。中でも韓紅は深い赤、混じり気のない赤として珍重され、黄味がかったものより値が張った。

恐らく井筒屋を問い詰めれば、「赤いしごきと言われたから、より手ごろな値のものを売りました」と申し開きをするだろう。買った娘たちだって欲しがった事情が事情である。後で違うとわかっても文句を言うことはできないはずだ。

娘心に付け込んであくどい商売をしやがって。それを世間がもてはやすのも気分が悪い。大隅屋に来る客でさえ、何かと井筒屋を引き合いに出す。

こうなったら、あたしがこの目で井筒屋の品揃えから奉公人、そして主人の人となりまで確かめてきてやろうじゃないか。こんなあざといやり方がいつまでも通じると思ったら大間違いだよ。

とうとう綾太郎は父に内緒で自ら乗り込む覚悟を決めた。

三

一月二十二日の四ツ（午前十時）前、綾太郎は供を連れずに井筒屋までやって来た。正体がばれた場合に備えて値の張るきものを着てきたけれど、できれば素性は知られたくない。知り合いに会ったら面倒だと、急いで店の敷居を跨ぐ。

間口は十間（約一八メートル）もなさそうだけれど、その分奥行きはあるようだ。新しい店らしくいぐさのいい香りがするが、大隅屋だって暮れに畳を替えたばかりである。負けるもんかと背筋をそらし、綾太郎は店内を見回す。

ざっと十数名の女客が反物（たんもの）を手にはしゃいでいる。その中に大隅屋の得意客がいないことを確かめて、ほっと胸をなでおろす。

それにしても、店に入ってきた客に誰も声をかけないなんて。これ見よがしに舌打ちしたとき、ようやく手代が「お越しやす」と寄ってきた。

「今日は何をお探しで」

「今着ているきものに飽きたんでね。京の老舗の江戸店で新しいきものを仕立てようかと思ってさ」

「へえ、おおきにありがとうさんどす。どうぞお上がりなっておくれやす」

こっちの姿を一瞥（いちべつ）してから京言葉で促され、綾太郎は草履を脱ぐ。女たちの間を進んで空いている畳の上に腰を下ろすと、さっきは気付かなかった場違いな客が目に入った。

年は二十五、六だろうか。腕の立ちそうな筋骨たくましい侍が険しい表情で座っている。誰かの供かと思ったけれど、近くに主人らしき姿はない。それに主人の供ならば、ここまで不機嫌な面つきはしていないだろう。

ひょっとして、惚れた女に贈るきものをこっそり買いに来たんだろうか。眉間に刻まれた深いしわは照れ隠しなのか……あれこれ勘ぐっていると、さっきの手代が反物を手に戻ってきた。

「なんぼかお持ちしましたけど、何ぞお望みはあらはりますか。お客さんは上品な男前やさかい、明るい色味のほうがお似合いやと思います」

手代は素早く反物を広げ、綾太郎の顔をのぞき込む。

目の前にいる男も含めて、井筒屋の手代はいずれも女好きする優男揃いだ。道理で女の客たちがはしゃいでいるはずである。

「男前というなら、あたしより手代さんのほうだろう。おまえさんに限らず、この店は色男の奉公人が多いんだね」

「またお上手を言わはって。ほんま、お客さんにはかないまへんわ」

言われ慣れているのだろう。余裕の笑みで受け流されて綾太郎はげんなりする。この顔で「ようお似合いどす」とささやかれたら、世間知らずの箱入り娘はその気になってしまいそうだ。

しかし、自分は男だし、余一の顔を見慣れている。おかしなものを勧めたら、大声でき下ろしてやろう。

胸の内で呟いて、目の前の反物に手を伸ばす。手代が持って来たのは、茶の上田縞(じま)に浅葱(あさぎ)の結城(ゆうき)、それに黄八丈だった。

「上田と結城はわかるけど、あたしが黄八丈を着るのかい。いくら何でも派手だと思うけど」

「そないなことあらしまへん。八丁堀の旦那方かて着てはるやおへんか」

「だけど」

「別に、是が非でも黄八丈を勧めたい訳やありまへん。あんまりありふれたもんばかりやとお気に召さんかと思ただけどす」

こちらの思いを見透かされ、綾太郎は眉根を寄せる。おまけに、見せられた反物はどれも織りがしっかりした一流の品だ。商いのやり方はさておいて、品のよさは認めざるを得ない。

「うちは京の本店に負けへん品揃えが自慢どす。お望みがあれば、遠慮せんと言うておくんなはれ」

余裕たっぷりに促され、綾太郎は奥歯を噛み締める。

こうなったら、無理難題をふっかけてやろうか。意地の悪いことを思ったとき、さっきの侍が立ち上がった。

「では、これと同じものはないと申すのか。さきほど、井筒屋の江戸店は本店に負けぬ品揃えだとその口で申したばかりであろう」

「そないなことを言わはられても」

「この振袖は京で求めたものと聞いている。京で指折りの老舗なら、同じものがあってしかるべきではないか」

「お侍様、そやから」

「真っ赤な地に白い桜柄なんて、ごくありふれたもののはずだ」

強い調子で責めたてられ、手代がさすがに顔をしかめる。

「おっしゃる通り、赤地に白い桜柄の振袖はめずらしいもんやおへん。せやけど、こういう高価な品はお客様のお望みで白生地から染めて仕立てるもんどす。同じものをと言わはっても、すぐにはご用意できしまへん。特にこちらの振袖はとりわけ見事な出来映えどす。こないに汚してしまわはるなんて、もったいないことをおしやしたなぁ」

ため息まじりの手代の言葉に、侍が口を閉じて座り直す。苛立って大きな声を出したところで意味がないと悟ったようだ。

二人のやり取りから察するに、客は汚れたきものを持参して「同じものはないか」と手代に言っているらしい。

赤い染料の元となる紅花は米の値の百倍もする。その上、繰り返し染めないと濃い赤にはならないため、真っ赤な振袖は値が跳ね上がる。

女なら誰もがしている赤い腰巻と違い、真っ赤な振袖は特に裕福な家の娘しか袖を通せない代物だ。綾太郎は耳をそばだて、事の成り行きを見守った。

「どうしてもと言わはるなら、これを見本に同じものを作らせるしか術はおへん。もっとも、まるきり同じ色、同じ柄になるとは限りまへんけど」

「でき上がるまでどのくらいかかる」

「せいぜい急かして作らせても、早くて三月、いや四月後やろか」

「馬鹿を申せ。そんなに待てるものかっ」

再び声を荒らげられ、手代が小さく息を呑む。二人のやり取りを聞きながら、綾太郎は尻がむずむずしてきた。

どんな汚れか知らないが、余一の腕をもってすればきものはたいてい元に戻る。無駄に金と時をかけて作り直すことはない。

それをここで教えてやれば、井筒屋の面目は丸潰れになるだろう。とっさに腰を浮かせかけたが、危うく思いとどまった。ここで余計な口を出せば、大隅屋の跡取りが井筒屋の様子を探りにきたと白状するようなものである。

余一はあの通り偏屈だし、安請け合いは怪我の元だ。まずはきものの汚れ具合をこの目で確かめてみなければ。

綾太郎はさりげなく身を乗り出してその振袖を見ようとしたが、侍の身体が邪魔になり、はっきり見ることができなかった。

ちょっと身体をずらしてくれたら、この目で確かめられるのに。いっそ厠（かわや）に行くふりで立ち上がり、侍の頭の上から見下ろそうか。やきもきしていたら、「お客さん」と手代に呼ばれた。

「ここにあるのがお気に召さんのなら、別のもんを持って参りましょか」

「あ、そうだね。もう少し見せてもらおうか」

綾太郎が慌てて向き直れば、顔をしかめた手代がそそくさと立ち上がる。それとほとんど入れ違いに若い男が奥から出てきた。

「何の騒ぎや」

「これは旦那さん、ええところへ」

侍の相手をしていた手代がほっとしたような声を出す。その言葉に驚いて、綾太郎は目を瞠った。

　これほどの若さで江戸店の主人を任されるからには、恐らく井筒屋の血縁だろう。掟破りのやり口も、この若さならばうなずける。綾太郎は今まで以上に張り合う気持ちを強くした。

　一方、井筒屋の主人は手代から事情をすべて聞くと、侍に向かって「かないまへんなぁ」と微笑んだ。

「お侍様、手前も商売柄きものは仰山見て参りましたが、これほどの品はめったにおへん。どうか諦めておくれやす」

「天下に知られた井筒屋なら、何かしら手があるだろう」

「その台詞、駿河町の越後屋さんでも言わはりましたやろ。そこで無理やと断られ、仕方なくうちに来はった。そうやおへんか」

　どうやら図星だったらしく、侍の眉間のしわがよりいっそう深くなる。だが、開き直ったように言葉を続けた。

「井筒屋は足利の御代から続く老舗と聞いたぞ。他所ができないことでもできるのではないか」

「堪忍しておくれやす。商人はお武家様と違うて信用が一番どす。できひん約束はようしまへん」

「何だと」

「職人が精魂込めた品をこない不細工にしておいて、同じものを探さはるとは。もったいないにもほどがあります」

侍は怒りを露わにしたが、もっともな相手の言い分に一瞬詰まる。やゃして絞り出した声はひどくかすれていた。

「誰にでもうっかりということはある」

「そうでっしゃろか。手習いを始めたばかりの幼い子でも、こない念入りに汚さしまへん。このきものの持ち主はいったい何を考えて」

「もういいっ。邪魔をした」

これ以上話をしても無駄だと思ったのだろう。侍は大きな風呂敷包みを抱えて大股で店を出ていく。綾太郎は追いかけたかったが、周りの目が気になって立ち上がることができなかった。

そして、井筒屋の主人は朗らかに「お客様」と呼びかけた。

「お騒がせをして申し訳ありまへん。どうか気にせんと、井筒屋自慢の反物をようご覧になっておくれやす」

はんなりとした京言葉に、息をひそめて様子を見ていた客の気持ちが一気にほぐれる。ひとり綾太郎だけが主人の後ろ姿から目を離さなかった。

まさか井筒屋の主人からあんな台詞を聞こうとは。京言葉でなかったら、いかにも余一が言いそうである。

あざとい商いのやり方は気に食わないが、扱う品はいいものだし、言っていることもまっとうだ。実は老舗の名に恥じない筋の通った商人なのか。とまどっていると、振り向いた主人と目が合った。

「これは大隅屋の若旦那。わざわざ井筒屋にお運びいただいて、ありがとうさんどす。手前が井筒屋江戸店の主人、愁介(しゅうすけ)と申します」

いきなり素性を言い当てられて、綾太郎はうろたえる。どうして井筒屋の主人が自分の顔を知っている。とっさにしらばっくれることもできずにいたら、むこうがさらに言葉を続けた。

「若旦那は江戸で知られたきものの目利きやとうかごうてます。手前も見習わんとあきまへんわ」

「い、いえ、それほどでも」

「暮れには祝言を挙げはったそうで。これで大隅屋さんは安泰どすなぁ」

「あ、ありがとうございます」

　盛大に持ち上げられてしまい、綾太郎はしどろもどろに答えるだけで精一杯だ。こわばった笑みを浮かべれば、愁介もにっこり微笑む。

　目は切れ長の二重で、鼻は高く小鼻が小さい。男にしては赤みの目立つ唇はやさしげな弧を描いている。地味な鼠（ねずみ）のきものを着ているのは、江戸っ子の好みに合わせたのだろう。居並ぶ手代たちよりもはるかにいい男である。

　たじたじとしていたら、なぜか相手が笑みを深めた。

「本当にかわいらしい御内儀さんで、若旦那はおしあわせや」

「えっ、いいえ」

「この次はぜひお玉さんも連れて来てくんなはれ」

　話の風向きがおかしくなり、綾太郎は目を眇（すが）める。

　祝言の話から嫁の話になるのはいい。だが、それまでは「うかごうてます」とか「挙げはったそうで」と言っていたくせに、「かわいらしい御内儀さん」と決めつけるのはなぜなのか。

　挙句、「お玉さんも連れて来て」とはどういうつもりだろう。知らず顔をこわばらせたとき、おみつがお玉の井筒屋行きを嫌がっていたことを思い出した。

まさか、二人の間には何か関わりがあったのか。そこへ、両手に反物を抱えて手代が戻ってきた。

「あれ、旦那さん。こちらのお客さんとお知り合いどすか」

「この方は大隅屋さんの若旦那や。目の肥えているお人やから、選りすぐりのもんをお出しせんと笑われるえ」

井筒屋の主人はそう言って奥へ戻ってしまう。驚き顔の手代から綾太郎は気まずく目をそらした。

四

翌日、綾太郎は目を赤くして大隅屋の帳場に座っていた。

昨日はうろたえてしまったが、井筒屋の主人とお玉が知り合いであるはずがない。仮に知り合いであったとしても、「どこかですれ違った」とか「落し物を拾ってもらった」とか、些細(ささい)なことに決まっている。

おみつを問い質(ただ)そうかとも思ったけれど、お玉に都合の悪いことなら素直に白状しないだろう。父に言えば井筒屋に行ったことがばれてしまうし、幼馴染みの平吉(へいきち)に言えば面白がってかき回すに違いない。

どうしたものかと思っていたら、井筒屋で見かけた侍が風呂敷包みを手に持って大隅屋に現れた。綾太郎は息を呑み、一目散に飛んでいく。

「いらっしゃいませ。今日はどのような品をお探しで」

用件の見当はついているが、昨日井筒屋で聞いたなんて打ち明けられるはずもない。とびきりの愛想笑いを浮かべ、綾太郎は侍に尋ねる。

愁介とお玉のことが気になって、今の今まで忘れていた。よくぞ大隅屋に来てくれたと心の中で快哉(かいさい)を叫ぶ。相手は思い詰めた様子で切り出した。

「その、これと同じものが今月中に欲しいのだが」

風呂敷包みを差し出され、うやうやしく両手で受け取る。

「拝見いたします。どうぞお上がりくださいませ」

草履を脱いだ侍が腰を下ろすのを待ってから、綾太郎はおもむろに風呂敷を開いた。

「これは、また見事なお品で」

赤地に白の桜柄――それはわかっていたけれど、ここまで見事な赤だとはさすがに思っていなかった。まさに真紅、極上の韓紅の地に大小の白い桜が雲のように描かれた京友禅の逸品である。

目を瞠った綾太郎はきものを広げて眉をひそめた。

「これは……墨でございますか」

念のために確かめれば、侍が無言でうなずいた。まるで咲き誇る満開の桜に蟻がたかっているかのようだ。古より、魔除けの「赤」と神聖な「白」は特別な色とされている。その上に真っ黒な染みが散った様は禍々しさすら感じさせた。

――職人が精魂込めた品をこない不細工にしておいて、同じものを探さはるとは。もったいないにもほどがあります。

井筒屋の主人は気に食わないが、今度ばかりは同感である。

とかく世間は商人を「職人からは買い叩き、客には高く売りつける」と思い込んでいるけれど、実のところはそうではない。本当にいいものは見合った値段で高く買い、もっと高い値で客に売る。そのおかげで作った職人の名は上がり、いずれ名人上手と呼ばれるようになるのである。

綾太郎が「もったいない」とひとりごちれば、侍は意を決した面持ちで「身どもは宮坂直衛と申す」と自ら名乗った。

「主君の名ははばかるが、この振袖は当家のお嬢様が許婚より贈られたもの。ところが、お嬢様の飼い猫が汚れた足でじゃれついたため、かような有様になってしまった」

「猫の足にどうして墨が」

「その前に硯を倒したのだ」

「さようでございますか」

相手の説明は甚だ疑わしいものの、嘘だと決めつける訳にもいかない。綾太郎がうなずくと、宮坂が膝を進めた。

「この赤い振袖はお嬢様が先方に望まれたものだ。ご対面の際には、是が非でも着ていただかねばならん」

「そのご対面というのは、いつのことで」

「来月三日だ」

顔色の悪い宮坂が呻くように言う。綾太郎はもう一度振袖に目をやって、かろうじてため息を呑み込んだ。

そういうことなら、他の振袖を着る訳にはいかないだろうが、汚れが墨では余一でも分が悪いだろう。無論、たった七日で同じものを染めて仕立てるなんてできっこない。

昨日、井筒屋で声をかけなくて本当に助かった。あそこで安請け合いをしていたら、とんでもないことになっていた。くわばらくわばらと腹の中で念じつつ、綾太郎は上目遣いに相手を見る。

「宮坂様のご事情はよくわかりました。ですが、これと同じものを今月中にご用意するのは無理でございます」

「江戸で知られた呉服屋はほとんど回り、ここが最後の頼みの綱だ。通町の大隅屋と言えば、代々続く大店だろう」

先日できたばかりの井筒屋より後回しにしておいて、頼みの綱とは聞いて呆れる。綾太郎はへそを曲げ、あえて慇懃に断った。

「他の大店に断られたとおっしゃるなら、なおさらうちの手には余ります。せっかくお越しいただいたのに、お役に立てず申し訳ございません」

こちらの返事は恐らくわかっていたのだろう。侍は苦しげに目を伏せると、消え入りそうな声で呟いた。

「この振袖のせいでこたびの縁談が破談になるようなことがあれば……身どもは腹を切らねばならん」

「えぇっ」

「命を惜しむつもりはないが、お家の大事を前にして手をこまぬいていることはできん。これこの通りだ」

両手をついて頼まれても、どうにもならないこともある。かといって、死ぬかもしれない相手を突き放せるほど薄情ではない。綾太郎はほとほと困ってしまった。

「宮坂様、どうか頭をお上げください」

「では、何とかしてくれるか」

一転、期待に満ちた目を向けられて、こっちが途方に暮れてしまう。

「何とかして差し上げたいのはやまやまですが、これぱかりは」

「では、身どもに死ねと申すのか」

眼光鋭く睨みつけられ、綾太郎は震え上がる。やけを起こした侍の道連れにされてはたまらない。

新年早々こんな目に遭うなんて。これだから二本差は嫌いなんだ。綾太郎は口に出せない思いを腹の中で吐き捨てた。

「振袖についた墨が落ちて着られるようになりさえすれば、すべては丸く収まるんでございますね」

「その通りだが、そんなことができるのか」

「しかとお約束はできませんが、ひとつだけ心当たりがございます」

綾太郎は宮坂を連れて白壁町へ向かった。

五

「こいつを元通りにするなんて、いくら何でも無理な話だ」

広げた振袖をひと目見るなり、余一は怒ったように言う。思った通りの返事に綾太郎の顔が引きつった。

とはいえ、ここで「そうですか」と引き下がる訳にはいかない。今までだって余一はさんざん揉(も)めた末に渋々仕事を引き受けている。ひたすら押しの一手だと両手を合わせて懇願した。

「そんなことを言わないでさ。おまえさんの腕ならきっと何とかできるはずだよ」

「おれはおめぇさんよりてめぇの腕をよく知っている。そのおれが無理だと言ってんだ。そっちのお侍様も諦めてくだせぇ」

「難しいことは百も承知だってば。でも、この振袖が元に戻らないと、こちらの宮坂様が腹を切ることになるんだよ。おまえさんの腕に人の命がかかっているんだ。見捨てるなんてできないだろう」

「誰の命がかかっていようと、できねぇもんはできねぇ。それに金持ちのきものの始末は御免だと言っておいただろうが」

仏頂面はいつものことだが、今日は一段と機嫌が悪い。たぶん真新しいきものが墨で汚れたことが許せないのだろう。余一はこれ以上見たくないと言わんばかりに振袖を風呂敷に包み直し、綾太郎の胸に押し付ける。

宮坂は土間に立ったまま、無礼な職人を射殺さんばかりに睨んでいた。

「大隅屋、この者は」

「余一といって、きものの始末を生業にしております。この男の手にかかれば、たいがいのきものはきれいになるのですが」

言葉を濁した綾太郎に代わって、余一がそっけなく答える。

「おれはただの職人で、仙人でも幻術使いでもありやせん。墨のついたきものを元通りになんぞできやしねぇ。人の命がどうのというなら、どうしてこんな汚れをこさえなすったんです」

「その方には関わりないことだ。大隅屋、これから何とする」

宮坂は忌々しそうに吐き捨て、綾太郎に顔を向けた。

「何とするとおっしゃられても」

泣きたい気分で余一を見れば、すかさずそっぽを向かれてしまう。

世の中には金や刀を振りかざしても、どうにもならないことがある。追い詰められた綾太郎は破れかぶれで思いつきを口にした。

「こうなったら、江戸中の古着屋を回って赤地に白い桜柄の振袖を捜してみませんか。近頃は内証の苦しい大身旗本もめずらしくないと聞いております。金に困って豪華な振袖を手放される方もいらっしゃるでしょう。運よく似たものが見つかれば、ごまかせるかもしれません」

「何だと」

「殿方は女子のきものに目が利かないものでございます。まして初めてのご対面なら、きものよりお顔のほうに先様の目は向くでしょう。多少の色味や柄の違いは気付かれないかもしれません」

言いながら「そんなに都合よくいくものか」と思ったけれど、他に手立てが浮かばない。苦し紛れの考えは、「馬鹿を申すな」と宮坂に一蹴された。

「お嬢様にどこの馬の骨が袖を通したかわからぬものを着ていただくなど、できるはずがなかろう」

「駄目なものは駄目だ。別の手立てを考えろ」

鋭い声で遮られ、綾太郎は口をつぐむ。

事ここにいたって、そんなことが言える立場か。腹の中で叫んだとき、背後から唸るような声がした。

「殿様だろうと、姫様だろうと、どこぞの百姓が糸を紡いで織ったもんを着てんだろうが。卑しい者が触れたものは身に着けられねぇと言うのなら、いっそ裸でいりゃあいい」

振り向けば、上り框に立った余一がただならぬ怒りを発している。綾太郎はまずいと思ったが、止める言葉が出てこなかった。

「てめぇで墨をつけておいて、同じものがいるだの、古着は駄目だの、馬鹿なことばかりぬかすんじゃねぇ」

「宮坂様、どうかお許しください。この男はとんだ礼儀知らずでございまして」

慌てて詫びる綾太郎に宮坂は目もくれない。余一を睨みつけたまま、刀の柄に右手をかけた。

「武士に向かって馬鹿とは何だ」

「馬鹿を馬鹿と言って何が悪い。金があれば、侍なら、どんなことでも思いのままだと思っているなら大間違いだ。現にその振袖はいくら金を積んだところで、元の姿には戻らねぇぜ」

「言わせておけば、調子に乗って……これと同じ振袖を手に入れることができなければ、身どもは腹を切る覚悟だ。その方をここで刀の錆にしてやってもいいのだぞ」

立て板に水とまくしたてられ、怒りで青ざめた宮坂はとうとう刀の鯉口を切る。

余一はそれでもひるまなかった。

「やれるもんなら、やってみやがれ。その振袖に負けねぇくらい真っ赤な血が噴き出すだけだ」

「な、何てことを言うんだいっ」

真っ青になって袖を引いたが、余一は殺気立った宮坂をまともに睨み返している。

綾太郎は震え上がった。

やっぱり、宮坂をここに連れてきたのは間違いだった。最後の望みが潰えたと知り、すっかりやけになっている。このままでは本当に刀を抜きかねない。

もし余一が死んでしまえば、きものの始末屋がいなくなる。汚れたきものは値打ちをなくし、しまい込まれてしまうだろう。

きものを扱う者として、そんなことはさせられない。綾太郎は抱えていた風呂敷包みを放り出し、宮坂と余一の間に両手を開いて立ちはだかった。

「大隅屋、何の真似だ」

殺気立った相手に睨まれ、膝が砕けそうになる。自慢じゃないが坊ちゃん育ちで、喧嘩はすべて口喧嘩だ。人に殴られたことはもちろん、自分が殴ったこともない。まして刃傷沙汰なんて、一生縁がないと思っていた。

なのに、どうしてこんなことに……我が身の不運を嘆きながらも、綾太郎は歯を食いしばり、足の裏に力を込める。

「こ、この男を斬ることだけは、な、な、なにとぞご勘弁ください」

「では、代わりに斬られると申すか」

「そ、それもできれば、ご勘弁を」

「ならば、下がれ」

正直な気持ちを打ち明ければ、宮坂が吐き捨てる。それでも綾太郎が動かずにいたら、背後から余一の声がした。

「若旦那、気持ちはありがてぇが下がってくだせぇ。大隅屋の跡取りに巻き添えで死なれちゃ寝覚めが悪い」

さすがに身体を張ってかばわれるとは思っていなかったのだろう。余一に肩を摑まれたが、身をよじって振り払う。

言われてさっさとどくくらいなら、最初からかばったりするものか。すると、余一がめずらしく焦ったような声を出した。

「おれは親兄弟のいねぇ身で、死んだところでどうってこたぁねぇ。若旦那とは命の重みが違いやす」

「あんたの命なんかどうだっていい。あたしはあんたの腕が惜しいだけさ」

「おれの仕事は古着の始末だ。大隅屋の商いとは関わりがねぇ。何より、おめぇさんの肩には身内ばかりか、奉公人の暮らしもかかってんだろう。いきがって軽はずみな真似をしねぇでくれ」

「軽はずみな真似はどっちだい。あんたはあたしにとって替えの効かない職人なんだからねっ」

むきになって言い切れば、目の前の宮坂が驚いたような顔をする。

きっと背後の余一も同じような顔をしているのだろう。返事がないのをいいことに綾太郎は言葉を続けた。

「あたしたち商人はものを作ることができない。だからこそ、いいものを売って大事に使って欲しいと思っているんだ。あんたが江戸からいなくなったら、傷んじまったきものを誰が始末するっていうのさ」

背後の余一に言うふりで、綾太郎は宮坂に訴える。あなたが斬ろうとしている男は、江戸に必要な者なのだと。

「無理を承知で宮坂様を連れてきたのはあたしなんだ。そのせいであんたが死んだりしたら、お糸ちゃんに顔向けできないじゃないか」

偏屈な男は「死んでもどうってこたぁねぇ」と強がるが、もしそんなことになれば、お糸がどれほど嘆くことか。そしてお糸が嘆けば、幼馴染みのおみつも悲しみ、さらにはお玉だって悲しむはずだ。

「よっぽどの悪党でない限り、死んだっていい奴なんていないんだよ。そんなこともわからないなら、あんたのほうがよっぽど馬鹿だっ」

思いの丈を込めて言えば、ため息とともに宮坂が刀の柄から手を離す。目の前に立つ侍から漂う殺気が消えたとたん、綾太郎の腰がすとんと落ちた。

「若旦那、大丈夫ですかい」

「あ、ああ」

よろけながら立ち上がり、上り框に腰を下ろす。新年早々寿命が縮んだと思っていたら、余一が風呂敷包みから再び赤い振袖を引っ張り出した。

「お侍様は紅花をご存じですか」

「いや」

「紅花はこの振袖の色とは似ても似つかぬ黄色の花を咲かせやす。その花をすり潰すようにして水洗いすると、黄色の染料が流れ出る。その後に赤い染料の元がほんのぽっちり残るんでさ。そいつを寝かせてから杵でついて紅餅を作るんです」

　そのときに使う紅花はつぼみでも駄目だし、開きすぎても駄目だという。ちょうどよく開いた花だけを使わないと、色が黒ずんだり、黄味が強くなったりするらしい。

「おまけに紅花には棘があるから、花だけ摘むのも楽じゃねぇ。しかも花は一度に咲くんで、百姓の苦労ははかりしれねぇ。紅餅が高いのは当たり前のことでさ」

　さっきまでとは打って変わって、余一は落ち着いた調子で言葉を紡ぐ。宮坂は苛立った様子で口を挟んだ。

「その方、何が言いたいのだ」

　余一は赤い振袖をなで、それから宮坂のほうを見る。

「それほどの手間暇をかけて作られたもんをお嬢様はわざと汚しなすった。おれはそいつが許せねぇ」

「えっ」

綾太郎も猫の仕業とは思っていなかったが、お嬢様がわざと汚したとも思っていなかった。驚きの声を上げれば、宮坂が顔色を変える。

「それはお嬢様の飼い猫が硯を倒してつけたものだ。人聞きの悪いことを申すな」

「猫の仕業なら、こんなふうに汚れるはずがありやせん。それに奉公人の仕業なら、お侍様だって無理を承知で呉服屋を回ったりなさらねぇでしょう」

そういえば、井筒屋の主人も「手習いを始めたばかりの幼い子でも、こない念入りに汚さしまへん」と言っていた。「このきものの持ち主はいったい何を考えて」とも。

奉公人のしたことならば、本人に責めを負わせて申し開きをするだろう。当のお嬢様がしたことだから、宮坂は何もなかったことにしたかったらしい。

――この振袖のせいでこたびの縁談が破談になるようなことがあれば……身どもは腹を切らねばならん。

しかもうまくいかなければ、己が汚したことにして腹を切るつもりだったのか。ようやく事の次第がわかり、綾太郎は腹を立てる。

「お嬢様がわざとなすったことで、なぜ宮坂様が腹を切らねばならないのです。縁談が壊れたとしても、すべてはお嬢様ご自身のせいではありませんか」

「まったくだ。お嬢様はそうなることを望んで振袖を汚したんだろうに」

尖った声に返事をしたのは、宮坂ではなく余一だった。綾太郎は思わず聞き返してしまう。

「そうなるって」

「だから、お嬢様は縁談を壊したかったんだろうよ」

「まさか。それはないよ」

身分の高い武家の娘は親の決めた相手と一緒になると決まっている。もし土壇場で破談になれば、今後はきずものとみなされて良縁に恵まれなくなるだろう。

それを承知で振袖を汚すとは思えない。綾太郎は大きくかぶりを振った。

「お嬢様が望む通りの高価な振袖を贈れるほど、先方は裕福な御方なんだ。お家のためにもなるだろうし、破談にしたがるはずがないって」

「大隅屋の言う通りだ。お嬢様がそのように愚かな真似をなさるものか」

宮坂も強い調子で言い切ったが、その顔は明らかに青ざめている。余一は肩をすくめて綾太郎を見た。

「どんなにいい縁談だろうと承知できねぇ訳と言ったら……おれはひとつだけだと思いやすがね」

「何だい、そりゃ」

綾太郎が首をかしげると、余一が苦笑した。

「おれが思うに、お嬢様には好きな男が」

「やめろっ」

鬼のような形相で宮坂が余一を怒鳴りつける。その剣幕に綾太郎は「ああ、そうか」と納得した。

この強面（こわもて）の侍はお嬢様と相愛なのだ。だから、お嬢様は縁談を壊そうとし、宮坂は壊すまいとしたのだろう。

「身どもは命に代えてこの振袖を何とかするとお嬢様に約束した。それが果たせぬときは、死んでお詫びをする覚悟。根も葉もないことを口にすると、ただではおかんぞ」

「お侍様が死んだって、お嬢様は喜ばねぇと思いやす」

「そうですよ、宮坂様」

余一の言葉に綾太郎もうなずいたが、頭の固い侍は聞く耳を持たない。この場で腹を切りかねない様子の相手に、余一はうんざり顔で頭をかいた。

「おれはどんな事情があろうと、わざときものを汚すような輩（やから）は大嫌いだ。この振袖だって元通りになんかなりっこねぇ。けど、もう一度着られるようにすることはできると思いやす」

急に話の流れが変わり、綾太郎は目をしばたたく。

「まさか、墨も落とせるのかい」

「いや、さっきも言った通りだ。できねぇもんはできねぇ」

「だったら、どうするつもりだい。今度ばかりは、切り刻んで違うきものにしてもらっちゃ困るんだよ」

かつて余一が始末した五枚の打掛を思い出し、綾太郎は悲鳴じみた声を上げる。この男なら汚れていないところを使い、さらに見事な振袖を作ることはできるだろう。だが、今回はその手を使えない。

「こいつは今月中に何とかしなくちゃならねぇんでしょう。切り刻んで縫い合わせている暇なんざありやせん」

それくらい承知していると余一は口の端を引き上げる。そして、宮坂の顔を見た。

「おれに始末を任せてみやすか」

侍は余一を睨んだまま、「よろしく頼む」と呟いた。

六

余一はあんなことを言ったけれど、本当に大丈夫なのだろうか。晦日までの七日間、綾太郎は落着かなかった。

今度ばかりは目の覚めるような始末は期待できないだろう。だが、あまりにも出来が悪いと宮坂に斬りつけられかねない。そればかりが気になって、井筒屋のことはすっかり頭から抜け落ちていた。

そして、待ちに待った晦日の五ツ（午前八時）、綾太郎は櫓長屋に向かった。

「大隅屋の綾太郎だ。早くここを開けとくれっ」

勢いよく腰高障子を叩いたところ、余一がいつもの仏頂面で現れた。

「朝っぱらから何の用で」

「そんなの決まっているだろう。あの振袖がどうなったのか見に来たんだよ。ちゃんと始末はできたんだろうね」

眉をつり上げて問い詰めれば、余一は返事の代わりに大きなあくびをした。

人が心配しているのにその態度は何事だ。噛みつこうとした綾太郎に余一は無言で奥を指差す。

見れば、鴨居(かもい)にぶら下がった衣紋竹に真っ赤な振袖がかけられている。綾太郎はもっと近くで見ようとして余一を両手で押しのける。前のめりで裾と袖に目をやって、「信じられない」と呟いた。

まるで蟻がたかるように白い桜に飛び散っていた黒い染みが消えている。何度も目をしばたたき、綾太郎は振り向いた。

「何だい、何だい、人が悪いね。墨だってちゃんと落とせるなら、最初(はな)から素直に引き受けてくれればいいじゃないか。そうすりゃ、あたしだってあんな怖い思いをしなくてもすんだのにさ」

ほっとするやら、くやしいやらで、余一に食ってかかってしまう。そこへ「ごめん」という声と共に宮坂が姿を現した。

どうやら、宮坂も振袖が心配で朝から来てしまったようだ。綾太郎は満面に笑みを浮かべ、侍を出迎えた。

「宮坂様、どうぞご覧になってください。これがあたしの惜しんだ腕前です」

七日前より痩(や)せた気がする侍は、元通りになった振袖を言葉もなく見つめている。その姿を見ているうちに、綾太郎は意地悪を言いたくなった。

「あのとき、宮坂様が余一を斬っていたら、この振袖はなかったんです。思いとどまってくださって本当にようございました」

職人の腕は金と違って持ち主が死んだらおしまいだ。そして一朝一夕に手に入れられるものではない。

あたしがいなければ、どうなっていたことか――言外に匂(にお)わせれば、宮坂が深々と頭を下げた。

「その方の言う通りだ。この通り礼を申す。任せては見たものの、元通りになるなんて夢にも思っていなかった」

「実はあたしもです。さすがに今度ばかりはと危ぶんでいたんですが」

二人で手を取らんばかりに喜んでいたら、余一が咳払いする。

「ほめてもらえるのはありがてぇが、元通りにはなっちゃいやせんぜ」

「だって、墨の汚れが消えているじゃないか」

「そうだ。跡形もなく消えているではないか」

すると、余一は苦笑して「もっと近くで見てくだせぇ」と背中を押した。

「おれは染みを落としちゃいねぇ。ちょいと化粧をしただけでさ」

今まで余一は上り框に座ることしか許さなかったが、今日は上がってもいいらしい。

先日、かばってやったことを恩に着ているのだろうか。

綾太郎はこれ幸いと草履を脱いで上がり込む。振袖のすぐそばに顔を近づけ、余一の言った意味を悟った。

「これは、桜の花びらかい」

「へえ」

墨の飛んだところの上から白い桜の花びらが刺繡されている。そして、赤い生地の上には赤い花びらが刺繡されていた。

「赤い桜の花びらねぇ。どうして白くしなかったのさ」

「そんなことをすりゃ、振袖に手を加えたことがばれちまうじゃねぇですか。実のところ、この振袖と同じ韓紅の糸がどうしても手に入らなくて、よく見れば色の違いがわかっちまうんですがね」

そう言われれば、微妙に色が違うけれど遠目にはわからない。

これが白い花びらだったら、見た目の感じがだいぶ変わってくるだろう。この世にはない真っ赤な桜の花びらで墨を覆い隠したことで、一見どこが変わったのかわからなくなったのだ。

「男は女のきものにうといからね。まして侍なんてよく見やしない。まず間違いなく気付かれないさ。宮坂様、そうでしょう」

「……かたじけない。これでご対面はうまくいくだろう。身どももお嬢様もその方らのおかげで救われた」

両手を固く握り締めて宮坂が頭を下げる。だが、その表情は明るいものとは言い難かった。

「宮坂様はともかく、お嬢様はこいつを見てがっかりなさるんじゃねぇですか」

「お嬢様の許婚は大身旗本の若様だ。年もお嬢様より五つ上で、二十歳におなりあそばしたばかり。若様とお会いになれば、お嬢様だって必ずや心惹かれるだろう」

つまりお嬢様は十五歳で、宮坂とは十近く年が違うという訳か。綾太郎が頭の中で勘定していると、余一が呟く。

「そう思っているのはお侍様だけじゃねぇんですか。惚れた相手がいながら違う男に嫁ぐってなぁ、何よりつらいと思いやすが」

それは確かにそうだろうと綾太郎もうなずく。けれど、身を引こうとした宮坂の気持ちもよくわかった。

――おまえは大店の若旦那でなくなった自分の姿を想像できるかい。

かつて幼馴染みの平吉は綾太郎にそう聞いた。身体ひとつで生きていけるたくましい男女なら、手に手を取って逃げ出すこともできるだろう。

しかし、乳母日傘で育った身では貧乏暮らしなどできやしない。ましてお嬢様はたった十五で、世間のことなど何ひとつわかっていないのだから。

ややして宮坂が長く大きな息を吐いた。

「身どもへの思いなど、お嬢様の振袖についた墨のようなものだ」

「それはどういう意味ですか」

綾太郎の問いに宮坂が苦笑する。

「本来あるはずのない、あってはならないただの汚れだ。その方のおかげで傍目にはすっかりわからなくなった。今度こそお嬢様も聞き分けてくださるだろう」

「たとえ傍から見えなくても、汚れは今も残っていやす」

「……海の魚は川では生きられん。また、川の魚は海では生きられん。魚ですら生きる場所は生まれたときから決まっておるのだ」

きっと宮坂自身もさんざん懊悩したのだろう。そして、身分という運命に従うことを選んだのだ。

余一はしばらく強面の侍を見つめてから、真っ赤な振袖に目を移した。

「この赤ははるか昔、禁じられていたと言いやす」

高価な紅餅を大量に使うため、貧乏人はもちろん、宮中ですら用いることが禁じられていたそうだ。

「だけど、公家のお姫様に緋袴はつきものじゃないか」

雛人形や百人一首に描かれた女の姿を思い浮かべて、綾太郎は首をかしげる。余一は小さく苦笑した。

「どんなに禁じられても、諦められなかったんじゃねぇですか」

「駄目だと言われると、余計女は欲しがるからね」

なるほどとうなずきながら、綾太郎はお嬢様が赤い振袖を欲しがった訳がわかった気がした。かつては禁じられていた、真っ赤に燃える命の色。それはお嬢様にとってかなわぬ恋そのものだったのだろう。

宮坂も同じことを考えたのか、嘆くように呟いた。

「何かを禁じるにはそれ相当の理由があるものだ。女というのは今も昔も浅はかで手に負えん」

「そいつぁ、どうですか」

「なに」

「禁じるのはいつだって男の側の都合でしかねぇ。女にしてみりゃ、知ったことじゃねぇでしょう」

余一の反論に宮坂は気まずそうに目を伏せる。綾太郎は慌てて話しかけた。

「この振袖をご覧になれば、宮坂様のお気持ちがお嬢様にも伝わるはずです。縁談はきっとうまくいきますよ」

「だといいのだが」

「大丈夫です。女ときものは何べんだって生き直せるんですから」

不安そうな相手に綾太郎は余一の口癖を教えてやる。

すると、余一がにやりと笑った。

「確かにそうかもしれやせん。この若旦那だって去年の暮れに親の決めた許嫁と一緒になって、めっぽうしあわせそうですから」

「よ、余計なことを言うんじゃないよ」

いきなりお鉢を回されて、綾太郎は慌てて言い返した。

歳月の実

一

「ねぇ、おみつ。どうして綾太郎さんの頼みを断ったの」

一月十四日の五ツ半（午前九時）過ぎ、お茶を飲んでいたお玉から、おみつはいきなり切り出された。

「いつもは若旦那と仲よくしろってうるさいくせに。せっかくの頼みを断ったら、仲よくなんてなれやしないわ。しかも、余一さんのことまで持ち出して……いったい何が気に入らないの」

お玉は背が低いので一見幼く見えるけれど、中身はとてもしっかりしている。その場で問い質さなかったのは、おみつの立場を考えてくれたからだろう。

――明日にでも井筒屋に行って、どんな店か見て来ておくれ。

昨日の夕方、綾太郎は改まった様子でお玉に言った。

開店したばかりの井筒屋には、引き札を集めた娘たちの他にも客が押しかけているという。噂の的の同業を大隅屋の跡取りが気にかけるのは当たり前だ。とはいえ、自ら出向くのもはばかられて、お玉に頼んだのだろう。

おみつとてそれはわかっていても黙って見ていられなかった。奉公人の分際で許しもなしに口を挟み、綾太郎が幼馴染みのお糸にちょっかいを出したことまでちらつかせて、強引に頼みを断った。

――私の親、桐屋の先代夫婦は駆け落ち者なんだ。

ひと月前、お玉の父の光之助から「このことは他言無用だ。お玉にもお耀にも言ってはいけないよ」と念を押された。桐屋の先代の妻、つまりお玉の祖母のお比呂は井筒屋の娘で、豪商の妾になるのを嫌って手代と江戸へ逃げたという。

何十年も経った今になって桐屋の素性を知った井筒屋は、許婚がいるのを承知の上で「お玉を跡継ぎの嫁に寄越せ」と内々に言ってきたらしい。

お玉は江戸一番の本両替商、後藤屋の孫（正しくは姪にあたるのだが、後藤屋の実権は隠居した大旦那が握っている）なので、江戸店の主人となる跡継ぎの嫁にもってこいだと思われたようだ。

桐屋が今日あるのは浅草の紙問屋、天乃屋の主人が先代夫婦の面倒を見て、新たな人別を与えてくれたからだとか。人別を偽ったことが公になれば、大恩ある天乃屋にまで累が及ぶ。それでも、光之助は脅しめいた申し出に屈しなかった。

人の弱みに付け込む輩(やから)に大事な娘は嫁がせられない。それに桐屋の秘密を表沙汰(おもてざた)にすれば、井筒屋だって駆け落ち者を出したことを世間に知られてしまうのだ。言いなりになることはないと光之助は思ったらしい。

すると、今度は「大隅屋との祝言を止(や)めろ」という脅しと嫌がらせが始まった。事情を知らないお玉とおみつは「綾太郎の情婦(いろ)の仕業か」と思い悩んだものである。

その後、脅しをかけていた悪党のひとりにお糸が乱暴されかけたが、危ういところを余一の手で助けられた。

以来、桐屋に対する嫌がらせもぴたりと収まっているけれど。

——年が明ければ、大隅屋さんとは商売敵だ。今度は綾太郎さんに災いが及ぶかもしれない。

光之助がそんな不安を抱くほど、井筒屋は手段を選ばない相手らしい。

たとえどんな事情があろうと、お嬢さんをそんなところに行かせられない。おみつは大きく息を吸い、これ見よがしに眉(まゆ)をひそめる。

「昨日も申し上げたじゃありませんか。両国の井筒屋といえば、江戸中の噂をさらっている大隅屋の商売敵です。そんなところに乗り込んで、お嬢さんの素性を先方に知られたら大変です」

「大げさねぇ。そりゃ、ちょっとは気まずいかもしれないけれど、せいぜい嫌味を言われるくらいよ。それに、あたしが大隅屋の嫁だなんてわかりっこないわ。何しろ、この恰好だもの」

お玉は困ったように言い、袖をつまんで両手を広げる。

綾太郎の妻になったものの、髪は島田で歯も白いままである。おまけに姑のお下がりは派手なきものばかりなので、嫁入り前より若く見える。お玉が言う通り、この恰好を見て人妻だと思う者はいないだろう。

おみつが手に入れた井筒屋の引き札には、「この引き札を五枚集めてお持ちになった娘さんに絹のしごきを差し上げ〼」と書いてある。当然、店内は白歯の娘であふれかえっているはずだ。綾太郎だってお玉が白歯のままだから、「井筒屋を見て来ておくれ」と頼んだに決まっている。

しかし、おみつはその姿だからこそ反対した。お玉の人妻らしからぬ姿を見せ、寝た子が起きたらどうするのか。

「井筒屋でうっかり正体がばれて、『大隅屋の嫁が人妻らしからぬ恰好で商売敵のところに来た』と騒ぎ立てられたらどうするんです。大隅屋ばかりか桐屋だって恥をかくんですよ」

あえて実家を引き合いに出すと、お玉が口を尖らせる。

お玉は祖母のお古ばかり着ていたせいで、母のお耀と言い争うことがよくあった。嫁入り前に一応わだかまりは解けたものの、嫁に行ってから派手な恰好をしているなんて知られたくないに決まっている。

「そもそも若旦那さえしっかりしていれば、お嬢さんがこんな恰好をしなくたってよかったんです。これじゃ若旦那の妻になったんだか、大隅屋の養女になったんだか、傍目にはわかりゃしませんよ」

本来地味好みのお玉が好みとかけ離れた恰好をしているのは、義理の母となったお園の頼みによる。「本当は息子より娘が欲しかった」と言ってはばからない姑は、祝言の際に言ったのだ。

――眉を落として鉄漿をつけると、女はいきなり老けるのよ。せっかく若くてかわいらしいんだもの。しばらくそのままでいてちょうだい。

若くして嫁いだ娘は身籠るまで眉を残して、白歯で通すこともある。だが、お玉は年が明けて十八になったから、もう若いとは言えないはずだ。むしろ、多少老けたほうが年相応に見えるだろう。

　おみつはそう思っていたが、むこうのほうが上手だった。

――娘を着飾らせて一緒に出掛けるのが昔からの夢だったの。お玉は器量よしだから、着映えがしてうれしいわ。

　祝言の翌日から、お園は派手なきものを抱えて嫁のところへ押しかけて来た。そして、思う存分着飾らせては芝居見物や買い物に連れて行く。おかげでお玉は夫といるより、姑と過ごす時のほうが長かった。

　嫁と姑は犬猿の仲――それが世間の相場なのに、お園はお玉をかわいがってくれる。それはありがたいけれど、いささか行き過ぎではないか。度を超えた姑の好意におみつは疑いを抱いていた。

――私はもう着ないから、お玉が着てくれるとうれしいわ。

　そう言って差し出されるお園のきものはどれも高価なものばかりだ。たとえ似合わなくなっていても、簡単に手放せるものではない。離縁されるときだって、嫁入り道具のきものは持って帰ることが許されていた。

　お園がお玉を構うのは、倅(せがれ)と嫁が二人きりで過ごすのを邪魔したいからではないか。未(いま)だに鉄漿をさせないのも、「大隅屋の嫁とは認めない」という気持ちの表れだったりして……。

　おみつは難しい顔を作ったまま、お玉の腹に目をやった。

「お嬢さん、一日も早く若旦那の子を産んでください。そうすれば、御新造さんだって考えを改めるでしょう」

　お玉に子ができれば、お園だって気軽に連れ歩かなくなるだろう。井筒屋も今度こそお玉を諦めてくれるはずだ。祈るような思いで口にしたにもかかわらず、お嬢さんは頬をふくらませる。

「そんなことを言うなら、どうして綾太郎さんの頼みを断ったの。きっと、綾太郎さんはあたしに腹を立てたわ」

「まさか、あんなことくらいで」

「おみつは二言目には子を作れっていうけれど、あたしは綾太郎さんのことをよく知らないのよ。すぐに子供が欲しいなんて思える訳ないじゃない」

「どうしてですか。お嬢さんは若旦那と夫婦になったんですよ」

　思いがけない返事を聞いて、おみつの目が丸くなる。すると、お玉は頬を赤らめ、おみつを睨んだ。

「あの人は他所に女がいるかもしれないわ。おみつだって、祝言前の嫌がらせを忘れた訳じゃないでしょう」

嫁入り前の嫌がらせが井筒屋の仕業だと打ち明けられれば、すべては一度に解決するのに。苛立(いらだ)ちを呑(の)み込んで、おみつは力強く断言する。

「若旦那に限って他に女なんていませんよ」

「どうしてそんなことが言えるの」

「だって、若旦那は毎晩お嬢さんとお休みになっているじゃありませんか」

「それは祝言を挙げて間がないからよ」

なまじ賢い主人を持つと、こういうときに苦労する。ならばと、おみつは一段声を大きくした。

「もしそんな相手がいるのなら、お嬢さんはなおさら頑張らないといけません。もたもたしていたら、他所に子供を作られるかもしれませんよ」

「おみつは自分が産むんじゃないから、そういうことが言えるのよ。亭主を持ったこともないくせに勝手な事ばかり言わないでっ」

半ば冗談のつもりだったが、お玉の逆鱗(げきりん)に触れたらしい。真っ赤になって言われた言葉がおみつの胸に突き刺さった。

祝言の前に、お玉から「おみつは一生、あたしのそばにいてくれるのよね」と念を押された。それは「一生独りを通してくれ」ということではなかったのか。今になってお嬢さんがそんなことを言うなんて……下唇を強く嚙みすぎ、その痛みで我に返る。

お嬢さんはお比呂様が駆け落ち者だったことも、井筒屋に狙われていることも知らないんだもの。忙しい若旦那からの頼み事がうれしかったに違いないわ。それを無理やり断ったから、あたしに腹を立てているのよ。

何とか己を納得させて、おみつは深く頭を下げた。

「すみません。出過ぎたことを申しました」

そのまま頭を上げることができずにいたら、お玉がためらいがちにおみつの左手を両手で包む。

「おみつはどうしてあたしが井筒屋に行くのを嫌がったの。本当は派手な恰好をしているせいじゃないんでしょう」

「お嬢さん」

「大隅屋に来てから、おみつはいつも気を張っているでしょ。あたしだって最初は落ち着かなかったけど、近頃は少し慣れてきたわ。でも、おみつは今も張り詰めたまま。気がかりなことがあるなら言ってちょうだい」

　どうやらお玉も言い過ぎたと思っているようだ。心配そうな目を向けられて、目をそらすこともできなくなる。

　ここですべて打ち明ければ、あたしは楽になれるのかしら。一瞬の迷いを振り払い、おみつは強い調子で言った。

「お嬢さんが心配なさるようなことじゃありません」

「どうして。おみつがあたしを案じてくれるように、あたしだっておみつのことを案じているのよ」

「奉公人は主人を案じるのも仕事のうちです。でも、主人が奉公人を案じることはありません。何のために給金を払っているんですか」

　分け隔てのあるもの言いにお玉が眉を寄せたとき、折よくお園がきものを抱えてやって来た。

「明日はこれを着てちょうだい。お玉は十八になったばかりだもの。このくらいは派手なうちに入らないわよ」

　そう語る姑は紅梅（紫味を帯びた桃色）地に豪華な花車が描かれた小袖をお玉の前で広げて見せる。どうやら振袖の長い袖を切って仕立て直したものらしい。それはありがたいけれど、小柄なお玉には柄があまりにも大きすぎる。

おみつは恐る恐る異を唱えた。

「すらりとした御新造さんと違ってお嬢さんは小柄なので……柄の大きいものは難しいと思いますが」

「あら、そんなことないわ。確かに背は低いけど、お玉は目鼻立ちがはっきりしているもの。このくらいは着こなせるわよ」

「ですが、御新造さんがお召しになったときより見劣りすると思います」

苦し紛れの言い訳は姑の胸をうまい具合にくすぐったらしい。まんざらでもなさそうな顔つきで「あら、そうかしら」と呟き、「だったら、これはどう」と別のきものを引っ張り出した。

「これなら今の時期に合うし、柄もそんなに大きくないわ。私が着るには派手すぎるから、よければもらってちょうだい」

次に勧められたのは、山吹色の縮緬地に凧や独楽や羽子板が描かれたものだった。こちらも地味とは言い難いが、さっきの紅梅色よりはお嬢さんに似合いそうだ。お玉もそう思ったのか、「本当にいいんですか」とお園に聞いた。

「いつもおっかさんに頂くばかりで、申し訳ありません」

「気にしないでちょうだい。私がしたくてしていることよ。それに、きものはたくさんあるから」

鷹揚にうなずく姑をおみつは冷めた目で見つめた。

お園の言葉に嘘はなく、次から次にきものが出てくる。しかも誂えてから時が経っているはずなのに、どれも新品同然なのだ。きっと、どのきものも二、三度袖を通しただけなのだろう。

世の中には一生の間に両手で数えられるほどしかきものを持てない人もいる。いくら金持ちの娘でもこれほどの衣装持ちは少ないはずだ。それでも、おみつは御新造をうらやましいとは思わなかった。

かつて、おみつはお玉が大事にしていた祖母のきものを引きちぎったことがある。そのきものを着ていたときにお玉が迷子になったから、祖母は二度と着なかった――形見のきものの思い出を語るお玉が妬ましくて、母の形見を持たない自分が心の底から情けなくて……。お玉が許してくれたときは、どれほどほっとしたことか。

普通はきものを譲る際、「これはいつ誂えた」とか「このきものを着ているときにこんなことがあった」という思い出話が出てくるものだ。

しかし、お園はそういうことを一切言わない。絶え間なく新しいものを誂えているので、いちいち覚えていないのだろう。

繰り返し着て汚れたきものは、ものとしての値打ちは下がる。だが、袖を通した回数だけ思い出が上乗せされていく。持ち主の思いが染み込んだきものは、ありふれた「着物(きもの)」からこの世にたったひとつしかない「気物(きもの)」に変わる。余一だって「きものは人の思いの憑代(よりしろ)だ」と言っていた。

そういえば、小判のことを「山吹色」とも言うんだっけ。目に鮮やかな縮緬地に目をやりながら、おみつはつい聞いてしまった。

「御新造さん、このきものはいくらくらいするんでしょう」

「おみつ、失礼でしょう」

ぶしつけな問いを咎(とが)めるようにお玉が鋭い声を上げる。お園は目を瞠(みは)ったものの、幸い怒ったりしなかった。

「さあ、よく覚えていないわ。特に高いものではないと思うけれど」

わずかに首をかしげられ、胸の奥がいっそう波立つ。

さすがは呉服太物(ふともの)問屋のひとり娘だ。誂えたきものの値段など気にしたことがないらしい。馬鹿なことを聞いたと思い、おみつは急いで頭を下げる。

「あまりにも見事な品なので、とても高価なものだろうと思いまして……本当に申し訳ありません」

「気にしなくていいわ。ところで、おみつはお玉よりも年上だったわね」

「はい、十九になりました」

「だったら、もっと身なりに気を遣いなさい。女の盛りは短いのよ。せっかく女に生まれたのに、年を取ってから後悔しても遅いんだから」

女中は店に出ないため、店のお仕着せは着ていない。おみつはずっと着続けている十字絣（じゅうじがすり）の綿入れを着ていた。

たとえ嫁に行かなくても、二十歳を過ぎれば眉を剃（そ）って丸髷（まるまげ）を結うことになる。そうなれば、派手な恰好はできなくなるとお園は言いたいに違いない。世間を知らない御新造におみつは苦笑してしまう。

この世には、絹の小袖どころかしごきすら締められない娘がたくさんいる。大隅屋の女中だって、主人や番頭に隠れて井筒屋の引き札を集めているのに。

楽しそうなお園からおみつはさりげなく目をそらした。

二

翌日、おみつは使いの帰りにぼんやり道を歩いていた。昨日、お玉から言われたことが思いの外応えていた。

「亭主を持ったこともないくせに勝手な事ばかり言わないで、か」

吹きつける北風に首を縮め、おみつは我知らず呟いた。

初めてお玉に出会ったとき、背の低い少女を二つ三つ下だと思い込んだ。おかげでひとつしか違わないとわかってからも、ことさら年上ぶっていた。

けれど、男女のことについてはお玉のほうが先達になった。おみつは十五で奉公を始めてから、色恋沙汰とは縁がない。うかつなことを言おうものなら、「未だに男を知らない女が訳知り顔で余計な事を」とお玉に思われてしまうだろう。おみつは道端の小石を蹴り、その行方を目で追った。

誰だって夫婦になれば、次に望むのは赤ん坊と決まっている。あたしは間違ったことなんて言っていないわ。まして、お嬢さんは大隅屋の跡継ぎを産まなければならないんだもの。

綾太郎は呉服屋の跡取りのくせに朴念仁で、お玉は根っからのお嬢さんである。周りが呑気に構えていたら、どんどん年を取ってしまう。おみつは頰を叩いて気合を入れると、お糸のところへ行くことにした。

十五で余一に出会ってから片思いを続けているお糸のことだ。「どうすれば男をその気にさせられるか」なんて知っているとは思えない。けれど、他にこんなことを相談できる人がいなかった。

勢いよく踵を返すと、青空にたくさんの凧が泳いでいるのが目に入る。方角からして八辻原の辺りだろうか。今日は風が強いのでいつもより高く上がっている。

あの凧のように身軽になれたら、どんなに気分がいいだろう。そんなことを思いかけ、おみつはいやと首を振った。

凧は自由に舞っているように見えるけれど、しっかり糸につながれている。本当は糸を操る手に動かされているだけなのだ。

往来に目を落とせば、風で乱れる裾を押さえて娘たちが歩いている。そのうちの何人かが井筒屋でもらったと思しき絹のしごきを締めていた。

おみつには呉服商いの詳しいことはわからない。だが、絹のしごきが高価な物で、井筒屋が今までにない商いを仕掛けているのはわかる。

引き札が配られてからいくらも経っていないのに、もう五枚も集めてしごきをもらった娘が何人もいる。そういう人はこれから先もっともっと増えるだろう。何だか急に不安になり、おみつは下駄を鳴らして走り出した。

「お糸ちゃん、ちょっといいっ」

息を切らして暖簾をくぐり、一膳飯屋だるまやに飛び込む。
時刻は八ツ半（午後三時）を過ぎたところで店の中に客はいない。それはわかって
いたけれど、お糸までいないとは思わなかった。おみつが肩を落とすと、奥から清八
が顔を出した。
「誰かと思えばおみつちゃんか。ずいぶんご無沙汰だったが、元気そうで何よりだ。
今日はどうしたんだい」
そういえば、お玉の祝言の前から足がすっかり遠のいている。久しぶりに会う幼馴
染みの父親におみつは軽く頭を下げた。
「ちょっと、お糸ちゃんに用があって。おじさん、腰は大丈夫なの。くれぐれも無理
はしないでね」
清八は腰の調子が悪いとお糸に聞いた覚えがある。いたわりの声をかけるなり、相
手の眉がぴくりと動く。
「人を年寄りみてぇに言わないでくれ」
「だって、お糸ちゃんが心配していたから」
「まったく、どこの娘も年を取ると生意気になっていけねぇな。素直でかわいいのは
ほんの短い間だけだ」

面白くなさそうにぼやいてから、清八はおみつの知りたいことを教えてくれた。

「うちのかわいくねぇ娘なら櫓長屋に行ったはずだ。じきに戻ってくるだろうさ」

おみつは一瞬どきりとしたが、すぐに「そうなの」と言葉を返す。

ひとり娘に甘い父親は長らく余一との仲を反対していた。しかし、お糸の思いの強さを知って、とうとう折れてくれたらしい。

「そういや、桐屋のお嬢さんはもう嫁に行ったんだよな。おみつちゃんは嫁入り先についていったのか」

「そうよ。あたしは一生お玉お嬢さんにお仕えするんだから」

おみつが笑顔でうなずくと、なぜか相手は顔をしかめる。

「久兵衛さんも罪作りなことをしたもんだ。後添いの色香に迷って、実の娘を追い出すなんて」

「おじさん」

今さらどうしてそんなことをと、おみつは意外に思う。

親子のことに口出し無用と見て見ぬふりをする人が多い中で、清八は父の久兵衛に「娘をもっと大事にしろ」と何度も意見してくれた。おみつはその気持ちだけで十分救われたものである。

「あたしはしあわせだから、そんな顔をしないでちょうだい」

「何を言ってやがる。若い身空で一生奉公を覚悟させるくらいなら、俺が引き取ってやるんだった。おみつちゃんのひとりくらいどうとでも食わせてやれたのによ」

おみつが義理に縛られて一生奉公をすることになったと清八は思っているようだ。そういうことではないのだとおみつは大きくかぶりを振る。

「あたしは望んでお嬢さんにお仕えしているの。誰に強いられた訳でもないわ」

「冗談じゃねぇ。せっかく女に生まれたのに、一生亭主を持たず、子も作らねぇなんて。あの世のおみつちゃんのおっかさんが知ったら、さぞかしがっかりするだろう」

相手が自分のことを思い、善意で言っているのはわかっている。それでも、おみつは耳をふさぎたくなった。

「遅くなると怒られるから、そろそろお店に戻るわね。お糸ちゃんにまた来るって言っておいて」

おみつは早口で言い捨てて小走りに店を出る。清八は気を悪くしただろうが、あのままそばにいられなかった。

――せっかく女に生まれたのに。

昨日はお園が、今日は清八が、おみつに向かってそう言った。二人に悪気がないのはわかっていても、少なからず胸が騒ぐ。

着飾れないことが、男と所帯を持たないことが、果たしてそんなに不幸なのか。世の中には、なまじ器量がいいせいで危ない目に遭ったり、亭主や子供のせいでしなくてもいい苦労をしている女が大勢いる。

お糸が一途(いちず)に余一を思い、一緒になりたいと願うのは、父である清八がいい夫だったからだ。男手ひとつで育ててくれた父の背中を見てきたから、お糸は迷うことなく余一を追いかけることができる。

自分の父はそうではない。母が死ぬと後添いをもらい、実の娘が継母(ままはは)にいじめられても見て見ぬふりで何年も通した。挙句、今では夫婦仲も冷え切って、互いに浮気をしている始末だ。

――おめぇは親にこそ恵まれなかったが、奉公先と幼馴染みには恵まれたじゃねぇか。自分が不幸だなんて思うんじゃねぇぞ。

かつて余一に言われた言葉が耳の奥によみがえる。

そうよ、あたしは不幸じゃないわ。一生独り身だったとしても、着飾ることができなくても、お嬢さんのそばにいられれば。

おみつが自分に言い聞かせたとき、強い北風が吹き抜けた。舞い上がったほこりが目に入り、目をつむって立ち止まる。

ややして涙をこぼしながら目を開けて――土手のほうから見覚えのある男がこっちに近づいて来るのが見えた。

「余一さん、どうしてこんなところに」

てっきり櫓長屋でお糸と一緒だと思っていた。我知らず漏れた問いかけに余一が眉を撥ね上げる。

「おれは土手の古着屋に始末したきものを持って行った帰りだ。そっちこそどうして道端で泣いていやがる」

「あ、あたしは」

続けて「だるまやへ行った帰りなの」と言うはずが、なぜか声が消えてしまう。それを言えば、「お糸が櫓長屋で待っている」と余一に告げねばならなくなる。おみつはそっと目元をぬぐい、自分の下駄の先を見た。

「ちょっと用事があって……泣いているのは目にほこりが入ったからよ。それより、余一さんに聞きたいことがあるんだけど」

「おめぇの用はいつだってろくなもんじゃねぇからな。おれは聞きたくねぇ」

あからさまに嫌そうな顔をされ、おみつはうっかり噴き出した。

　余一と会うたびに身勝手な頼み事ばかりしている覚えはある。むこうにすれば、さぞ迷惑な知り合いだろう。

「ごめんなさい」

「妙にしおらしいじゃねぇか。いったい何が聞きてぇんだ」

「それは……」

　聞きたいことがあると言ったのは、その場しのぎのでまかせだった。真面目(まじめ)な顔で聞き返され、おみつはうろたえる。

「あ、あの、男の人をその気にさせるにはどうすればいいのっ」

　勢いよく言ってから、真っ赤になって口を押さえる。さっきまで考えていたことが思わず口から出てしまった。

　人の行き交う往来で、あたしってば何てことを……身体中(からだじゅう)の血が顔に集まり、足が細かく震え出す。余一は右手で額を押さえ、呆(あき)れ果てたと言わんばかりだ。

「おめぇは本当に何を言い出すかわからねぇな」

「違うの、あたしはそんなつもりじゃ」

「その気にさせてぇ男がいるなら、そいつのところに行って聞けよ。そんなもんは人それぞれだ」

ため息まじりに呟かれ、昇っていた血が瞬く間に下がっていく。おみつはこわばる頬に触れ、「笑え」と心の中で命じた。

「その気にさせたい男なんて、あたしにいるはずないじゃない。あたしはただ大隅屋の若旦那とお嬢さんのことが心配で……でも、そんなことを面と向かって若旦那には聞けないでしょう」

我ながら言い訳がましいと思いつつ、まるで相手を引き留めるように口が勝手に動いてしまう。

「姑の御新造さんはお嬢さんを気に入って、目一杯着飾らせてあちこちに連れ歩くの。そのせいでお嬢さんは若旦那と一緒にいられなくて」

「おい、奉公先のことをこんなところでべらべらしゃべっていいのか。誰が聞いているかわからねぇぞ」

目を眇めて窘められ、ようやくそのことに思い当たる。あたしは何をしているのかとますます情けなくなった。

「そ、そうね。変なことを聞いてごめんなさい」

「あのお嬢さんは見た目よりしっかりしているから、おめぇはお嬢さんより自分のことを心配したほうがいいぜ」

「悪かったわね」

おみつはふくれっ面で言い返したものの、動揺はなかなか治まらない。すると、余一が苦笑した。

「別に悪くはねぇが」

「えっ」

「お嬢さんだってそこまで思ってもらえたら本望だろう。だからこそ、もっと自分を大事にしろって言ってんだ。おめぇに何かあったら、大事なお嬢さんが悲しむことになるからな」

思いがけない言葉に驚き、口から問いが転がり落ちる。

「余一さんは」

「おれが何だ」

「え、えっと、その……今、忙しいの」

改めて「余一さんはあたしに何かあったら悲しむの」と聞けるほどの度胸はない。

余一がそっけなくうなずくのを見て、「貧乏暇なしね」と憎まれ口を叩く。

「うるせぇ」

話は終わったと思ったのか、余一がすかさず歩き出す。おみつは風に吹かれながら遠ざかる背中が見えなくなるまで見送った。

お糸ちゃんはまだ櫓長屋で余一さんを待っているかしら。待ちくたびれて、一足違いでだるまやに帰ってしまったかも……そんなことを考える自分自身に嫌気が差す。

手に入らないものを望んでも、胸が苦しくなるだけだ。幼いときから苦労続きで、諦めはいいはずなのに。

「亭主を持ったこともないくせに勝手な事ばかり言わないで、か」

おみつはお玉に言われた台詞(せりふ)を知らぬ間にまた呟いていた。

三

一月十七日は朝から風のない、いい天気だった。こういうときは干した洗濯物にほこりや塵(ちり)が付かずにすむ。

すがすがしい気持ちで若夫婦の洗濯物を干し終えたとき、下男が近寄ってきて「御新造さんがお呼びだ」とおみつに言った。

「御新造さん、おみつです。お呼びとうかがいましたが」

「ああ、待っていたのよ」

機嫌のいい声に襖を開ければ、お園ばかりかお玉もいる。何だろうと思っていると、お園が笑顔で切り出した。

「おみつは余一さんというきものの始末屋さんと親しいそうね。綾太郎もお世話になっているようだし、私も一度会ってみたいわ。今から連れて来てくれないかしら」

世間知らずの姑はいつだって思いがけないことを言い出す。息を呑むおみつにお玉も声を弾ませる。

「綾太郎さんは、おっかさんが持っていた打掛を余一さんに始末してもらったんですって。それを吉原一と評判の唐橋花魁が着たっていうのよ」

おみつは返事に困ってしまい、「はあ」とあいまいに顎を引く。お園は誇らしげに胸をそらせた。

「人と同じように、きものには寿命がありますからね。どんなに見事な品でも、何十年も経てば染みやら虫食いやら出てくるわ。そういう品を切り刻んで、市松模様の打掛に縫い直してあったの。『西海天女』の異名を持つという唐橋花魁があれを着たら、さぞかし見事だったでしょう。私もその道中を見たかったのに、綾太郎ってば本当に気が利かないんだから」

「あたしもひと目見たかったです」

「いっそ私とお玉で吉原に行って、唐橋花魁を呼びましょうか。その座敷にあの打掛を着てくるように頼めばいいわ」

「でも、花魁はたいそうな売れっ妓なんでしょう。あたしたちの座敷に来てくれるでしょうか」

「大丈夫よ。ああいうところはお金がものを言うんだから」

聞き捨てならないやり取りにおみつは頭が痛くなる。唐橋がどうのという前に、吉原は嫁と姑が連れだって行くような場所ではない。何とか話を変えなければと、おみつは焦って口を挟む。

「あの、御新造さんは何のためにあたしをお呼びになったんでしょう」

「そうそう。だからね、私も余一さんという人にぜひ会ってみたいのよ。お玉によれば、たいそう男前だというじゃない」

無邪気な笑みを浮かべられ、再び「はあ」と返事をする。

話は吉原から離れたけれど、こちらもかなりの難題である。どうしたものかと思っていたら、お玉が明るく言い添えた。

「桐屋のおっかさんの花嫁衣装を余一さんが始末してくれたことをお話ししたの。そうしたら、おっかさんも仕事を頼みたいっておっしゃるから」

お玉は嫁入り前に母のお耀と心が通じ合えたのは、余一のおかげだと思っている。恩人のためによかれと思って姑に話したのだろう。

しかし、余一は根っから金持ちが嫌いな上に、新しいきものに興味がない。うかつにお園と引き合わせれば、言い争いになるはずだ。そんなことになれば、お玉は姑と余一の間で心を痛めることになる。

揉（も）めることがわかっているなら、連れて来ないほうがいい。それがお嬢さんのため、余一さんのためだ。一昨日会ったときのことを思い出して、おみつはもっともらしい理由を口にした。

「あいにく、余一さんはとんでもなく忙しいんです。この間ばったり会ったときも、貧乏暇なしだってこぼしていました」

本当はおみつが言ったのだが、嘘はついていないと思う。余一はいつだって金にならない仕事ばかりしているのだから。

「それに、余一さんは職人気質（かたぎ）で気難しい人です。御新造さんがお会いになっても、話が合わないと思います」

すると、相手は身を乗り出してますます目を輝かせる。

「いい男がへらへらしていたら、かえって艶消（つやけ）しというものよ。貧乏で忙しくしているのなら、私が手間賃を弾んであげるわ。そうすれば、無理をして働かなくてもよくなるでしょう」

「おっかさん、ぜひそうしてあげてくださいな。あたしも花嫁衣装を始末してもらったとき、十分な御礼をしたかったんです。でも、余一さんは素晴らしいものを見せてもらったからと言って、ほとんど受け取ってくれなくて」

「ずいぶんと水臭い人なのね。そういうことなら、せいぜい奮発させてもらいましょう。おみつ、今すぐ余一さんを連れて来てちょうだい」

お園は嫁の言葉を聞いて意を強くしたようだ。鼻息荒く命じられ、おみつはますます困ってしまう。

余一は金が欲しくて休む間もなく始末をしている訳ではない。手間賃を多く払うと言えば、かえって機嫌を損ねるだろう。お嬢さん育ちのお園たちには貧乏人の意地がわからないのか。

「いえ、あの、そういうことではなくて……御新造さんは余一さんにどんな始末を頼むおつもりですか」

肝心なことを尋ねれば、お園は企むように目を細めた。

「私のきものを切り刻んで、唐橋花魁の打掛と同じ市松模様の小袖に仕立て直して欲しいのよ」

「あら、そのままでは着られないような古いものがあるんですか」

いつも新しいお下がりをもらっているお玉が不思議そうに聞くと、姑はかぶりを振った。

「いいえ、新しいものを始末してもらおうと思って」

「まだ着られるものを切り刻むなんて、もったいないと思いますけど」

「だから、いいのよ。五枚の小袖を使って特別な一枚を作り出すの。最高に贅沢(ぜいたく)なきものになるわ」

うっとりした表情で心積りを語られて、おみつはたちまち青くなった。そんなことを頼んだら、余一は怒り狂うだろう。

「余一さんがそんな仕事を引き受けてくれるはずがありません。御新造さん、どうか考え直してくださいまし」

「どうして駄目なの。唐橋花魁の打掛だって余一さんが始末したんでしょう」

「それは虫食いや擦り切れたところがあったものだと、御新造さんがおっしゃったじゃありませんか。余一さんの仕事は傷んだ古着を着られるようにすることです。そのまま着られるきものを切り刻むはずがありません」

強い調子で言い切れば、お園が不思議そうな顔をする。

「持ち主がそうして欲しいと言っても駄目なの」

「はい、唐橋花魁が着た打掛だって、本来の姿に戻せるなら切り刻んだりしなかったはずです」

例外は佐野屋の隠居に頼まれて、死んだ連れ合いの新しいきものを座布団に始末したときだけだ。あのときは持ち主がいなくなっていたけれど、お園はちゃんと生きている。

「一枚のきものを作るにはたいそう手間がかかります。その手間を台無しにするような真似を余一さんは許しません」

「でも、私は花魁の打掛みたいなきものが欲しいのよ」

「どうしてもとおっしゃるなら、他の職人に頼まれたほうがよろしいと思います。大隅屋には腕のいい職人が大勢出入りしていますし」

おみつが懸命に言い募れば、お園の表情が面白くなさそうに歪んでいく。きっと女中の分際で生意気だと思っているのだろう。

そこへお玉が口を挟んだ。

「だったら、余一さんに端切れを縫い合わせてもらったらどうでしょう。同じ大きさの端切れを揃えるのは大変かもしれませんけど、大隅屋の蔵には端切れだってたくさんありますよね」

「それだと、貧乏臭くならないかしら」

　気が進まないと言いたげに、お園は額に手を当てる。おみつは二人のやり取りに嫌な予感を募らせていた。

　お園ばかりかお玉までそんなことを言い出すなんて。果たしてどんなふうに説明すれば、二人にわかってもらえるのだろう。焦るおみつの心も知らず、お園が意を決したように膝を叩く。

「本人のいないところでごちゃごちゃ言っていても始まらないわ。おみつ、早く余一さんを連れて来て」

「御新造さん、それは」

　できませんという前に、お玉に「おみつ」と名を呼ばれた。

「おっかさんは余一さんを連れて来てとおっしゃっているのよ。四の五の言わずに行ってらっしゃい」

　よりによって、お玉の口からこんな言葉を聞くなんて。言葉を失ったおみつにお玉は続けた。

「おみつは大隅屋の奉公人でしょう。何をもたもたしているの」

余一の住む白壁町までの道のりはいつになく遠かった。

前にあそこを訪ねたときは、お玉とお耀の仲違いを何とかしたい一心だった。その前は、綾太郎に何を贈ったらいいかを相談するためだったと思う。いつだっておみつはお玉のために走り回っていた。

――おみつは大隅屋の奉公人でしょう。何をもたもたしているの。

お玉のそばにいられれば、それでいいと思っていた。お嬢さんがしあわせになることが自分のしあわせだと思っていた。しかし、お玉にとって自分はただの奉公人でしかなかったのか。

「あたしったら、馬鹿みたい」

桐屋の主人から井筒屋とのことを打ち明けられて、お玉を守るのは自分だと勝手に思い込んでいた。

――お嬢さんだってそこまで思ってもらえたら本望だろう。だからこそ、もっと自分を大事にしろって言ってんだ。おめぇに何かあったら、大事なお嬢さんが悲しむことになるからな。

余一はそんなふうに言ってくれたが、とんだ見込み違いのようだ。おみつはとぼとぼと歩き続け、櫓長屋の前に着いた。

「何だ、おめぇか」

余一は客がおみつと知って迷惑顔を隠さない。男らしい眉をひそめられ、おみつは下を向いてしまう。

これからする話を聞けば、もっと不機嫌になるだろう。戸口で立ちすくんでいたら、余一は仏頂面のまま「入りな」とおみつに言った。

「念のために言っとくが、男をその気にさせるやり方なら別のやつに聞いてくれ」

一昨日の話を蒸し返されて、おみつは力なく首を振る。

「……その話はもういいの。今日は違う話があって」

「おめぇの話はいつだって厄介だからな。正直、聞きたくねぇんだが」

「あたしだって今度ばかりは言いたくないわよ。でも、お嬢さんが余一さんを連れて来いって言うんだもの」

上り框（がまち）に腰を下ろして泣きたい気分で訴える。いつもと違うおみつの様子に余一が片眉を撥（は）ね上げた。

「いったい何があったんだ」

「……大隅屋の御新造さんが余一さんにきものの始末を頼みたいんですって」

「通町の呉服太物問屋の御新造が古着を始末して着るってのか」

相手の皮肉っぽい口ぶりにおみつはごくりと唾を呑む。詳しいことを話さずに連れて行くのは無理のようだ。

どうか余一さんが怒り出さずに話を聞いてくれますように。おみつは胸の中で手を合わせた。

「余一さんは去年、若旦那に頼まれて御新造さんの持っていた古い打掛を始末したんでしょう」

「ああ、唐橋花魁に着てもらったやつか。ひょっとして、ああいう古い打掛が他にもまだあるってのか」

それならわかると言いたげな顔をされ、おみつは頰を引きつらせる。知らぬ間に汗ばんだ手のひらをきものにこすり付けていた。

「そうじゃなくて……御新造さんがお持ちのきものを唐橋花魁の打掛みたいに仕立て直して欲しいんですって」

「つまり、どこも傷んでいねぇきものを切り刻めってのか」

「え、ええ」

ことさらゆっくり念を押す余一の口調は激しい苛立ちを含んでいる。目をそらしてうなずけば、苦りきった声がした。

「そんなことを頼まれて、おれが引き受けると思ったのか」

「思ってないわっ。思ってないから、断ろうとしたのよ。余一さんは着られなくなったきものをよみがえらせる始末屋で、まだ着られるものを切り刻んだりしないって。でも、あたしは大隅屋の奉公人なんだもの」

言い返す声は尻すぼみに小さくなる。余一は派手に舌打ちした。

「おめぇに奉公人としての立場があるように、おれにはおれの意地がある。店にはひとりで戻ってくれ」

「でも、あの」

「余一は偏屈な男で、仕事を頼んだが断られた。それだけ言えばすむ話だろう。仕事の邪魔だ。早く帰れ」

言うなりくるりと背を向けられて、おみつは声をかけられなくなる。こうなることはわかっていても、いざやられると胸が痛む。口を開くと泣き出しそうで、暇（いとま）を告げることもできなかった。

腰高障子に手をかけてよろめきながら表に出る。店には戻りたくないけれど、他に戻るところもなかった。

余一に断られたと伝えたら、お玉は何と言うだろう。日頃えらそうなことを言うくせに、役に立たないと怒られるだろうか。大隅屋への道すがら、おみつはお園よりお玉のことが気がかりだった。

そこで、店に戻って一番にお玉のところへ行ったところ、

「やっぱり、余一さんは来てくれなかったのね」

花を生けていたお玉に言われ、おみつは「すみません」と小さくなる。

「まるで取りつく島がなくて……傷んでもいないきものを切り刻んで、仕立て直すとなんかできないって」

「そう言うだろうと思っていたわ。余一さんなら」

あっさりうなずかれてしまい、おみつは驚いてお玉を見返す。

「あの、お嬢さん」

「おみつだってそう思ったから、おっかさんに断ろうとしたんでしょう」

そこまでわかっていたのなら、なぜ「余一さんを連れて来て」と命じたのか。白壁町への行き帰り、自分がどれだけ悩んだか。

恨みを込めて見つめれば、お玉は身体（からだ）の向きを変え、「だって、おみつが悪いの

よ」と言い出した。

「あたしに意地悪をしたのは、おみつのほうが先じゃない」

「どういうことですか」

「綾太郎さんの頼みを断った本当の訳をあたしに教えなかったわ。しかも、奉公人の心配なんかする必要はないだなんて」

責めるような口調で言われて、ようやくおみつも思い出す。

――奉公人は主人を案じるのも仕事のうちです。でも、主人が奉公人を案じることはありません。何のために給金を払っているんですか。

まさか、あのときの言葉を根に持っていたなんて。目を丸くすれば、お玉にじろりと睨まれた。

「おみつは給金をもらっているから、あたしの心配をしている訳じゃないでしょう。それなのに、あんな言い方をするんだもの」

お玉にすれば、一番信じていたおみつに突き放された気がしたのだろう。頭ごなしに命じられた、さっきの自分と同じように。

おみつはお玉の気持ちを知って、畳に手をついて謝った。

「お嬢さん、すみません」

「悪いことをしたと思うなら、今度こそ綾太郎さんの頼みを断った本当の訳を話してくれるわね」

「それは……」

弾かれるように顔を上げ、こっちを見ているお玉と目が合う。

あたしだってお嬢さんの立場なら、納得できる理由を聞くまで引き下がれないだろう。でも、秘密を打ち明けてくれた桐屋の旦那様を裏切ることはできない。

何より、身体に流れる血の因果をお嬢さんには知らせたくない。知ったら最後、そのことは一生心にのしかかる。両手を固く握りしめてじっとお玉を見つめていたら、ややして相手が肩を落とした。

「本当におみつは頑固なんだから。仕方ないわ。もう少し待ってあげるから、早く白状しなさいよ」

「あの」

「おみつがむきになって頑張るのは、あたしのために決まっているもの。ただし、あんまり待たせると、また意地悪するわよ」

「ありがとう、ございます」

まぶたの裏が熱くなり、おみつは奥歯を嚙み締める。あたしがお嬢さんを守るんだと意気込んでいたけれど、お嬢さんはあたしよりずっと大人だ。

いつか本当に井筒屋とやり合うときが来たら、そのときはすべてを打ち明けよう。おみつはそう心に決め、目の前の問題を思い出す。

「御新造さんには何と言ったらいいでしょう」

「嘘をつく訳にはいかないもの。『余一さんに断られました』って、正直に打ち明けるしかないでしょうね」

当たり前のように言い放たれ、おみつは眉を下げる。どうやらお嬢さんはまだ怒っているようだ。

「正直に打ち明けたら、わかってくださるでしょうか」

「さあ、どうかしら」

お玉は人の悪い笑みを浮かべた。

四

「どうして御新造さんを連れてきた。おれはさっき断ったはずだ」

大隅屋に戻って一刻（約二時間）後、おみつはまたもや余一の前で身を固くすることになった。

その隣では、お園が楽しそうに周りを眺めている。

「あなたが余一さんね。お玉が言っていた通り、めったに見ない男前だこと。私は大隅屋の内儀で園と申します」

相手の不機嫌をものともせず、お園は朗らかに挨拶する。余一はおみつを睨んだまま、お園を見ようともしなかった。

そんな目でこっちを見ないでよ。あたしだって悪いと思っているんだから――口に出せない言い訳を腹の中で繰り返す。

大隅屋に戻ったおみつはお玉に付き添ってもらい、「余一さんに断られました」とお園に告げた。すると、御新造は勢いよく立ち上がったのである。

「だったら、私からお願いしましょう。おみつ、余一さんの住まいに今すぐ案内してちょうだい」

わざわざお園が出向いたところで、むこうは頑なになるだけだ。どうしてもというのなら、せめて日を改めたほうがいい。

おみつは必死で止めたのだが、お園は折れるということを知らない。「今すぐ行く」と言い張られ、お玉まで姑を後押しした。

「人づてに断られるより、自分で頼んで断られたほうがおっかさんだって納得するわ。おみつ、案内をよろしくね」

どうやらお玉はこうなることを最初から見越していたらしい。おみつは頭を抱えたものの、もはや後の祭りである。駕籠を待つ間に手早く中食を食べ、お園を乗せた駕籠と共に再び櫓長屋へ向かった。

今、お園はおみつと並んで上り框に腰掛けている。着ているものは桔梗色の地に撒き糊散らしの小袖で、見るからに値の張りそうな銀糸の帯を締めている。明らかに場違いな身なりの客はどこまでも恐れを知らなかった。

「ところで、どうして私の仕事は引き受けてもらえないのかしら。綾太郎やお玉には手を貸してくれたんでしょう」

お園が言葉を発するたび、おみつは余一に睨まれる。

連れてきたおめえが何とかしろ――余一の無言の声が聞こえ、おみつはこわばる唇を動かした。

「ですから、最初に申し上げたじゃありませんか。余一さんはそのままでは着られない古いきものを始末するのが仕事なんです」

「だって、淡路堂さんには新しいきものを作ってあげたでしょう。それなら、私のきものを始末してくれてもいいじゃない」

「えっ」

初めて耳にする話に、おみつは驚きの声を上げる。

まさか余一が古着以外に手を出しているとは思わなかった。とっさに余一の顔を見れば、さっきまで睨んでいたくせに、なぜか横を向いている。

「……あれはただの行きがかりでさ。若旦那に頼まれて下着の胴にちょいと絵を描いてやっただけだ。始末というほどのことじゃねぇ」

「あのきものは、その下着の柄が肝心かなめのところじゃないの。淡路堂さんも気に入っていらしたわ」

「あすこの主人が気に入ったのは、『星花火』になぞらえてあるからだ。きものの良し悪しは関わりねぇ」

「ずいぶんね。大隅屋はいいものしか扱わないわよ」

すっかり蚊帳の外にされ、おみつは「御新造さん」と呼びかけた。

「あの、余一さんが淡路堂さんのために新しいきものを作ったって本当ですか」

「あら、おみつは知らなかったの。それじゃ、教えてあげましょう」

そう言うお園はいつになく上機嫌である。

畳に上がることも許されないまま言い争いをしているのに、いったい何が楽しいのだろう。ひそかに首をかしげていたら、お園は件のきものについて語り始めた。

　去年の九月、綾太郎は道ですっ転び、たまたま行き合わせた余一にきものを借りて帰ってきた。後日、余一から返されたきものは汚れが落ちていたばかりか、裏地は縹木綿から仲蔵縞に替わっていたとか。

「その仲蔵縞の由来を私が綾太郎に教えてあげたの。それであの子は余一さんの言わんとしていることに気付き、うるさい淡路堂さんを唸らせるきっかけを摑んだのよ。余一さんのおかげで本当に助かったわ」

「若旦那にも言いやしたが、あれはそんなんじゃありやせん」

　余一は苦りきった声を出したが、お園はまるで取り合わない。

「まったく、どこまでも素直じゃないんだから。おみつは淡路堂の『星花火』を知っているかしら」

「はい、黒い羊羹の上に白い砂糖粒が散っているお菓子ですよね」

　淡路堂と言えば、大隅屋のはす向かいにある大名お出入りの菓子司である。本来ならば奉公人の口に入るものではないが、前にお玉が内緒でくれた。

「そう、今の御主人が工夫した淡路堂の看板菓子よ。綾太郎は余一さんの手を借りて、その『星花火』を思わせるきものを作ったの。おかげで、淡路堂さんから『綾太郎さんのようないい跡継ぎがいてうらやましい』って言われたわ」

そう語るお園は本当にうれしそうだ。一方、余一は苛立たしげに膝を揺する。

「だから、あれは行きがかりだと何べんも言っているじゃねぇか。二度とやる気はありやせん」

「どうしてそんなにむきになるの。あなたほどの腕があれば、古着にこだわらなくたって十分やっていけるでしょう」

不思議そうに尋ねられて、余一はますます憮然(ぶぜん)とする。そしてため息をついてから、ようやくお園のほうを見た。

「てめぇの腕をどう使おうと、おれの勝手じゃありやせんか」

「それをもったいないと思うのだって、私の勝手というものでしょう」

「……きものを切り刻んで縫い合わせるくれぇ、おれじゃなくてもできる。他の職人に頼んでくだせぇ」

余一はうんざりした表情でお園に言う。まさか大店(おおだな)の御新造がここまで食い下がるとは思っていなかったに違いない。

「おれは金持ちが嫌いだし、金持ちが欲しがるようなきものにも関わりたくねぇ。淡路堂の一件で手を貸したのは、若旦那の言ったことがもっともだと思ったからだ」

「あの子は何て言ったの」

「金持ちは大勢の暮らしを背負って生きている。自分の食い扶持しか考えない貧乏人とは立場が違うと」

あの今ひとつ頼りない綾太郎がそんなことを余一に言うなんて。驚くおみつの横でお園も口に手を当てた。

「御新造さんの前だが、おれは商人なんて他人の儲けをかすめ取り、自分が得をすることしか考えていねぇ連中だと思っていた。だが、若旦那の言葉を聞いて、ちょいと見方が変わりやした」

大店は多くの奉公人を抱えている。奉公先が潰れれば、奉公人たちゃ出入りの職人も路頭に迷う。だから、商人は店を守るためにどんなことでもするのだと。

「もちろん、そうは言っても許されねぇことは山ほどあるし、その許されねぇことをする商人も山ほどいる。だが、大隅屋の若旦那はちったぁましな商人になるだろう。そう思ったから、古着以外の相談に乗った。それだけのことでさ」

余一から話を聞いて、おみつは綾太郎を見直した。やはり桐屋の主人が娘の夫にふさわしいと見込んだだけのことはある。

「さすがは御新造さんの産んだ大隅屋の跡継ぎですね」

お世辞半分、本音半分でおみつが言うと、いきなりお園が涙をこぼす。おみつは面食らって頭を下げた。

「すみません。お気に障ることを申しましたか」

「いいえ、そうじゃないわ。綾太郎がそんなふうに育ったことがうれしくて……これも余一さんのおかげね」

「おれは何もしちゃいやせん。買いかぶりもたいがいにしてくだせぇ」

お園が余一をほめるほど、余一の眉間が狭くなる。

前から天邪鬼な人だと思っていたが、何もそこまで頑なにならなくてもいいだろうに。おみつは息子を思う母親が気の毒になってきたけれど、偏屈な職人は依怙地な態度を崩さなかった。

「とにかく、おれは大隅屋にも若旦那にも関わるつもりはねぇんでさ。少しでも恩に感じてくれるなら、今後は近寄らないでもらいてぇ」

「それじゃ私の気がすまないわ。綾太郎が商人として一人前の口が利けるようになったのは、あなたのおかげなんだもの。私はあの子を産んだだけの母親だけど、そういうことはわかるのよ」

何もしてやっていなくても、やっぱり母親だからかしら——お園はそう付け足して、はずかしそうに余一を見た。

「余一さんは金持ちが嫌いだと言っていたけれど、私だって若い頃は金持ちが嫌いだったのよ」

今さら何を言い出すんだとおみつは横で呆れてしまう。大店の跡継ぎ娘としてさんざん無駄遣いをしておいて、「金持ちが嫌いだった」もないものだ。

奉公人のそんな思いをお園は感じ取ったらしい。ちらりとおみつのほうを見た。

「お金はないと困るけど、あればあるだけ人を縛るの。私は跡継ぎ娘だったせいで、好きな人と一緒になることはできなかったわ」

「それじゃ、御新造さんには旦那様の他に好きな人がいらっしゃったんですか」

「いいえ。好きな人と一緒になることはできないとわかっていたから、誰も好きにならないように心掛けていたのよ。おみつだって、そういう気持ちはわかるでしょう」

相手はおみつが一生奉公をするつもりだと知っている。返事に困っていたら、お園が話を続けた。

「世の中には貧しさゆえに親に売られる娘だっているんですもの。文句を言ったら罰が当たることくらい、私だって承知しているわ。でも、世間の人が思うほど、大店の娘もしあわせじゃないってことよ」

いくら箱入り娘でも、たまには男と顔を合わせる。相手を憎からず思うたび、お園は自分に言い聞かせた。

――あの人がやさしいのは私が大隅屋の娘だからよ。貧乏長屋の娘だったら、洟もひっかけなかったに違いないわ。

すると、たやすく思いが冷めたという。

「ひょっとしたら、身代目当てじゃない人もいたかもしれないけれど。どの途、私は親の決めた相手を婿に迎えないといけない。何のために着飾っているんだろうと空しくなるときもあったわ」

それでも、着飾ることを止めなかったのは、それしか「大店の娘に生まれてよかった」と思えることがなかったからだ。たくさんきものを誂えることで、思うに任せない空しさをごまかそうとしたらしい。

「だから、夫と一緒になるときに言ったの。もうひとつの役目を果たしたら、好き勝手をさせてもらいますって」

手代上がりの婿は驚きながらも承知した。お園の役目――それは商いのできる男を婿に取り、店の跡継ぎを産むことだ。子育ては乳母や女中がやってくれるし、商いのことを教えるのは男親の務めである。綾太郎が生まれると、お園は御役御免とばかりにより いっそう遊び出した。

しかし、どれだけきものを誂えても、湯治や遊山に出かけても、心はまるで満たされない。夫も子供も奉公人もお園に好きなことをやらせてくれる。遊び暮らしている自分は誰よりしあわせなはずなのに、どうしてこんなにつまらないのか。

そして去年の春、二十二になった綾太郎から余一の始末した市松模様の打掛を見せられたそうだ。

「そのとき、あの子が言ったのよ。これを始末した男が『女ときものはいくらでも生まれ変われる』と言っていたって。それって本当なのかしら」

「もう忘れやした」

ぶっきらぼうに言い返されて、お園はふふふと笑う。

「あの五色の打掛はずいぶん古いものなの。あの子のことだから、きっと余一さんを困らせようとして始末を頼んだんでしょう。でき上がった打掛を見て、さぞかし肝を潰したでしょうね」

まるっきり姿を変えたそれを見たとき、お園もまた驚いたそうだ。

長持ちにしまったままの古い打掛を綾太郎が覚えていたことに。同時に、綾太郎が小さかった頃のことを思い出したとお園は言った。

「あの子がきものについて詳しいのは半分くらい私のおかげよ。私が家にいるときは、いつもまとわりついていたから」

――おっかさん、これは何ていう柄なの。

――この青と緑が混ざったような色は何ていうの。

――このきものはすごくさらさらするんだね。何ていう織物なの。

お園がきものを選んでいると、しきりと話しかけてきた。本当は「出かけないでそばにいて」と訴えたかったに違いない。お園もそれはわかっていたが、引きとめられないのをいいことに好き勝手をしていたという。

「私が家にいないとき、よくきものを引っ張り出して眺めていたみたい。あの子だって望んで大隅屋の跡継ぎに生まれた訳じゃないのに……私は母親のくせに、自分のことしか考えていなかったのよ」

女ときものはいくらでも生まれ変われる――綾太郎がそう言ったのは、母親の満たされぬ心の内を感じ取っていたからに違いない。自分は子供のことなど何も見ていなかったのに、綾太郎は母親をちゃんと見ていてくれた。そのとき初めて、お園は「この子を産んでよかった」と思ったそうだ。

「身勝手だと思うでしょう。でも、それが本音なの」

　正直に思いを打ち明けられて、おみつは返す言葉に困る。余一も驚いたような顔をしてお園を見つめていた。

「私は何もしていないくせに、この年になって初めて大隅屋の娘でよかったと思えるようになったのよ」

　綾太郎なら立派な店の跡取りになれる。自分はあの子を産むために大隅屋に生まれたのだ――お園はそう言ってから、晴れ晴れとした表情で余一を見た。

「余一さんは綾太郎に大事なことを教えてくれたわ。だから、私は母としてあなたに恩を返したいの」

「御新造さん、おれは」

「関わりがないと言い張るのは余一さんの勝手だけど、関わりがあると思うのは私の勝手でしょう。私で力になれることがあれば、大隅屋へ来てちょうだい」

　お園は余一の言葉を遮ってひと息に言う。それから、おもむろに立ち上がった。

「長々お邪魔をいたしました。おみつ、それじゃ帰りましょうか」

五

一月十八日は朝から曇り空だった。

吹き付ける風はやけに冷たく、この調子では雨どころか雪が降るかもしれない。廊下の雑巾がけをしていたおみつはかじかむ手に息を吹きかけた。

櫓長屋であったことは昨夜のうちにお玉に伝えた。お玉は姑の胸の内を薄々察していたらしく、黙って話を聞いていた。

「おっかさんはきものをたくさん持っている割に思い入れが薄いと思っていたけど、そういうことだったのね」

「はい、御新造さんにとってきものは着るものというより、かき集めて胸に空いた穴をふさぐためのものだったんでしょう」

そのときふと、おみつの頭に空を舞う凧の姿が浮かんだ。誰より高いところでゆうゆうと舞っているように見えて、実際は糸で縛られている。大店の娘と大空の凧は案外似ているのかもしれない。

「あたしと桐屋のおっかさんが余一さんのおかげで近づけたように、綾太郎さんと大隅屋のおっかさんもお世話になっていたのね」

「何だか不思議なご縁ですね」

おみつがしみじみ呟くと、お玉も「そうね」とうなずいた。

「いつかあたしたちが余一さんの力になれるといいわね」

余一はいろんな人を助けているのに、自分は助けを求めない。それは余一の強さというより、臆病さだとおみつは思う。

御新造さんやお嬢さんが言う通り、力になれればいいけれど……おみつが掃除の手を休めてひとりごちたとき、「御新造さんがお呼びだよ」と他の女中が呼びに来た。

「昨日は余一さんのところに二度も行かせて悪かったわね」

お園の部屋に行くと、開口一番そう言われた。

「いいえ、たいしたことじゃありません」

「それとも、二度も顔が見られてよかったかしら」

察しのいい相手にからかわれ、おみつの頬が熱くなる。とっさに返事をできずにいたら、お園が「これを見てちょうだい」と風呂敷包みを差し出した。

「昨日の今日で悪いけれど、余一さんに届けてくれないかしら。『星花火』のきものの御礼として」

風呂敷の中には、紺の金通し縞と浅葱の地に千鳥柄の反物があった。

「あの、余一さんは受け取らないと思うんですが」

恐る恐るおみつが言えば、お園がにっこり笑う。

「そこを何とか受け取らせるのがおみつの腕でしょう。あまり高いものだと嫌がられると思って、これでも気を遣ったのよ」

本当は余一が始末したきものを着て歩き、職人としての腕前を世間に知らしめるつもりだったという。しかし、当の本人にその気がまったくないとわかって、残念ながら諦めたとか。

「余一さんなら変わった柄も似合うと思ったけど、表は無難なものにしたの。その代わり、裏は蝙蝠柄にしたわ」

言われてよく見たところ、千鳥かと思った柄はなるほど蝙蝠だった。目をしばたたくおみつにお園は説明してくれた。

「蝙蝠は唐の国で縁起がいいとされているの。昔からある吉祥柄よ」

「そうだったんですか」

着道楽だけあって、お園はきものに詳しい。実物と違ってかわいらしい蝙蝠柄を眺めながら、異国の人は変わっているなとおみつは思う。

自分なら暗闇を飛び回る真っ黒な生き物を見て、縁起がいいなんて思えない。不気味な蛇を神様のお使いと崇めるようなものだろうか。

「ですが、御新造さん。吉祥柄なら他にもいろいろあるでしょう。何も蝙蝠になさらなくても」

いくら吉祥柄でも、翼があるのに鳥らしくなくて、闇の中で息をひそめる生き物を果たして余一は好むだろうか。おみつの不安を見透かすように、お園は口の端を引き上げた。

「だからこそ、余一さんにあげたかったの」

「どういうことでしょう」

「当の蝙蝠は人からありがたがられているなんて夢にも思っていないでしょう。暗闇の中でじっとして、日の当たるところに出てこないから」

「はあ」

「まるで依怙地な誰かさんみたいでしょ」

そこまで言われて、おみつはようやくこの柄が選ばれた訳を察した。

余一が仲蔵縞で綾太郎に思案の糸口を与えたように、お園もまたこの柄で教えようとしているのだ。孤独の中で生きていると思い込んでいる相手に、「あなたがいてよかったと思っている」と。

「御新造さんは余一さんの身の上をご存じなんですか」

「詳しいことは知らないけれど、あそこまで頑なになられれば、苦労していることはわかるわ。幼い頃からよほど厳しく仕込まれたんでしょうね」

「はい」

おみつはうなずき、かつて余一に言われた言葉を思い出す。

——親の顔は知らないが、代わりに飯を食わせて仕事を仕込んでくれる人はいた。やさしくしてもらったとはお世辞にも言えないが、その人のおかげで人並みになれたのは間違いねぇ。

「職人は血より技でつながっていると言うわ。余一さんの腕が世に知られれば、育てた親方の名だって上がるのに」

「きっと余一さんの親方もそういうことは望んでいないと思います」

「みんな欲のないことね。私は綾太郎に大隅屋をもっと大きくしてもらおうと思っているのに」

お園はえらそうに言ってから朗らかに笑う。その姿を見て、おみつはお玉が大隅屋に嫁いでよかったと心から思った。

綾太郎もお園も根っから善人という訳ではない。けれど、自分の弱さや欠点と向き合い、乗り越えるだけの力がある。

井筒屋の当主がそういう人なら、何十年も前に駆け落ちした身内の息子を脅したりせず、かつての因縁を乗り越えて手を取り合おうとしただろう。そうすれば、はるかに豊かで大きなものを互いに得ることができたはずだ。

歳月は良くも悪くも人を変える。

綾太郎は大人になり、そのことでお園も救われた。お玉とお耀も嫁入り前に心を通わせることができた。それよりもずっと長い時を経ていながら、井筒屋の主人はなぜ歩み寄れないのか。

おみつが黙って考えていたら、不意にお園にのぞき込まれた。

「どうせ私が勝手な事を言っていると思っているんでしょう」

「何のことですか」

「ろくに子育てもしなかったのに、店を大きくしろだなんて」

お園はおみつの沈黙を勘違いしているらしい。「とんでもない」と打ち消して、おみつは笑った。

「お嬢さんが若旦那と一緒になって本当によかったと思っていたんです」

するとお園は目を瞠り、うれしそうにうなずいた。

「今日はいったい何だってんだ。仕事だったらお断りだぜ」

反物を手におみつが余一を訪ねたところ、すかさず怒ったように言われた。

「そう言われるだろうと思っていたわ。今日は仕事じゃなくて、御新造さんのお使いで来たのよ」

そして、おみつは金通し縞と蝙蝠柄の反物を差し出した。

「若旦那が世話になった御礼ですって」

「手間賃なら若旦那からもらっている。こんなもんを受け取る筋合いはねぇ」

「そう言わずに、受け取ってくれないとあたしが困るわ。特に蝙蝠柄は余一さんに合わせて選んでくださったのよ」

お園の気持ちを伝えると、余一は皮肉っぽく口を歪める。

「疫病神のこのおれを吉祥柄に見立てるなんて、大隅屋の御新造さんはよほどおめでたい人と見える」

「厄病神だなんて余一さんが勝手に思っているだけよ。親の顔は知らなくても、育ててくれた親方はいるんでしょう」

「その親方にとっても、おれは疫病神だったのさ」

「えっ」

「おれのせいで親方は職人としての人生を棒に振った。餓鬼のおれを育てるために江戸へ下っちまったせいで」

詳しいことはわからないが、余一は上方で生まれて物心のつかないうちに親方と江戸へ下ったらしい。

「親方は本当に腕のいい職人だった。さすがに織りはやらなかったが、下絵描きから染め、仕立てまですべてにおいて一流だった。あのまま京に留まっていれば、名人として名を残したに違いねぇ」

いくら腕がよくてもそれを知る人のいない江戸の地で、おまけに幼子を抱えていてはまともな仕事にありつけない。親方は余一のせいで古着の仕立て直しや染み抜き、染め直しばかり行うようになったという。

「だから、おれはその仕事を引き継いだ。親方がおれを育てるために始めた仕事だ。一生、他のことをしようとは思わねぇ」

「余一さん」

「御新造さんの気持ちは正直ありがた迷惑だ。おれは新しい反物を仕立てて着るような身分じゃねぇ。悪いが持って帰ってくれ」

強引に反物を突き返されれば、おみつは受け取らざるを得ない。目の前で閉じられた腰高障子をしばらくじっと見つめていた。

思い込みの強い臆病な蝙蝠をどうすれば光の下に引きだせるだろう。おみつはひとつため息をつくと、泣き出しそうな空を気にしながら、だるまやへと足を向けた。

「おみつちゃん、いらっしゃい。この間は留守にしていてごめんなさいね」

暖簾（のれん）をくぐると、お糸がすかさず飛んでくる。時刻は四ツ半（午前十一時）を過ぎたところで、もうすぐ客が押しかけてくるはずだ。おみつは「こっちこそこんな時刻にごめんなさい」と謝った。

「すぐに帰るからちょっとだけいいかしら」

「遠慮しないで。それより今日はどうしたの」

いつもと変わらぬ明るい笑顔におみつもつられて笑顔になる。

今日もお糸は愛用の紺の前掛けに赤い腰ひもできものの裾を持ち上げている。今流行の絹のしごきでないと知って、おみつは何だかほっとした。

こんな美人に思われて未だにその気にならないなんて、よくよく余一は天邪鬼だ。しかし、清八も二人の仲を許したようだし、そろそろ年貢の納め時だろう。

「実は、お糸ちゃんに頼みがあるのよ」

そう言ってお園から預かった反物を差し出すと、お糸は驚きを隠さなかった。

「どうしたの、これ」

「若旦那がお世話になったからって、御新造さんが余一さんに下さったものなの。でも、あの通りの人だから受け取ってくれなくて……悪いけど、お糸ちゃんが仕立ててくれないかしら」

「いきなり、そんなことを言われても」

「だって、受け取ってもらえなかったなんて御新造さんに言えやしないわ。お店に持って帰れないし、きものに仕立ててしまったら余一さんだって受け取らざるを得ないと思うの」

お願いと両手を合わせれば、反物を抱えたお糸が困った顔をする。

余一のおかげで腕を上げたとはいえ、もともとお糸は裁縫が苦手だった。しかも、余一はきもののことなら何でもござれの始末屋である。ためらうのも無理はないと思いつつ、おみつは強引に話を進める。

「お糸ちゃんが仕立てたきものなら、余一さんだって喜ぶわよ。ね、あたしを助けると思って」

「……おみつちゃんがそこまで言うなら」

はにかんでうなずくお糸の顔をおみつはじっと見つめてしまう。

器量よしでやさしい、あたしの自慢の幼馴染み――余一を一途に思い続けた歳月は遠からず実を結ぶだろう。その実が見事に実ったとき、あたしは笑って「おめでとう」と言えるかしら。

――おみつはそんなことを言っていつもごまかすんだから。おみつのみつは、秘密のみつね。

かつてお玉に言われた言葉が耳の奥で聞こえた。おみつは胸の痛みを押し殺し、いたずらっぽく笑ってみせる。

「ねぇ、うちの御新造さんがおっしゃっていたんだけど、蝙蝠って誰かさんに似ていると思わない？」

雪とけ柳

一

名ばかりの春だった正月と違い、二月はふとした折に本当の春を感じられる。

櫓長屋に住む心学の先生によれば、如月とは「生更木」、つまり「木が生えてくる」という意味らしい。もっとも、余一は「寒くてきものを重ねるから『着更着』だ」と言い張るが。

幸い今年は「生更木」らしく、柳原の土手にも土筆やよもぎがちらほらと顔をのぞかせ始めた。川風に揺れる柳の枝も緑の芽をつけ出している。

ちなみに、六助は四季の移ろいに興味などない。寒ければ「いい年をして震えながら働けるか」と思うし、暖かくなれば「こんないい陽気にあくせく働いてどうすんだ」と思う。春夏秋冬、できることなら働かずに寝ていたい。

世の中に寝るほど楽はなかりけり。浮き世の馬鹿は起きて働く――そう考えるのは人として当たり前のことだろう。女房子供はいないから、日々ゴロゴロしていても、六助を咎める者はいない。だんだんと春めいてくるこの時期は、布団の中で時を忘れてまどろんでいたいと思う。

だが、気がかりなことがあるせいでこのところ夢見が悪かった。何よりずっと寝ていても、生きていれば腹は減る。そして、元から軽い財布には金がほとんど残っていない。

二月三日の七ツ（午後四時）前、六助は筵敷きの床見世で本日何度目かわからないため息をついた。

「何でぇ、何でぇ。ようやっと見世を開いたと思ったら、冬眠明けの熊みてぇにあくびばっかりしやがって。六さんもいよいよ年と見える」

隣の見世の長吉にからかわれ、六助は「うるせぇ」と言い返した。

「俺がしてんのはあくびじゃねぇ。苦労がつかせるため息よ。おめぇのように呑気な野郎にゃ、見分けがつかねぇと見える」

「六さんが苦労とは笑わせる。それこそ弁慶もびっくりだぜ」

六助は今日、紺と茶の格子柄、いわゆる茶弁慶の綿入れを着ている。洒落たつもりの隣人に六助は盛大に鼻を鳴らした。

「ふん、くだらねぇ。おめぇのようなやつを何とかのひとつ覚えと言うんだ。くろうと言ったら、判官義経しか浮かばねぇのか」

「そっちこそ冗談もたいがいにしてくんな。こちとら口うるせぇ女房と腹を空かせた子供を二人も抱えているんだぜ。気楽な独り身の六さんより苦労の味なら嫌というほど味わってらぁ」

「好きでもらった女房と好きでこさえた餓鬼だろうが。そんなことを言うのなら、夜毎の子作りを控えりゃいい。こっちはどれほど長く床にいたって、餓鬼のできる気遣いはねぇんだ」

身も蓋もない切り返しに長吉がたじろぎ、六助は気まずい思いで舌打ちする。口を閉じると、またぞろ面倒なことを考えてしまいそうだ。

どこかに客はいないかとぐるりと四方を見回したが、あいにく客どころか土手を通る人影さえまばらである。商いをしている床見世もいつもより少ないし、ますます気が滅入ってきた。

せっかくいい天気だったのに、どいつもこいつも何をしているんだか。いくら見世を開いても、売れなきゃ金にならねぇだろうが。

見ず知らずの誰かさんに腹の中で悪態をつき、六助はまたもやため息をつく。

——……井筒屋には、近づけるな。

死の間際、余一を育てた親方は六助ひとりにそう言い残した。余一と京の呉服問屋井筒屋の間には、切っても切れない因縁がある。唯一事情を打ち明けられた六助は親方の気持ちがよくわかった。

幸い京と江戸は遠い。余一は江戸を離れないから、まかり間違っても近づく恐れはないだろう。ずっとそう思っていたのに、まさか井筒屋が江戸店を出すとは。しかも店を任されたのは、井筒屋の跡継ぎ息子だという噂である。

親方が幼い余一を連れてはるばる江戸へ下ったのは、井筒屋から離れるためだったはずだ。ため息を繰り返す六助に長吉が懲りずに話しかける。

「そういや、六さんは井筒屋の」

「なにっ」

縁起でもない名を口にされ、六助は弾かれたように相手を睨む。長吉は目を見開くと、すぐに怯えた顔をした。

「な、何だよ。俺は井筒屋の引き札を持ってねぇかって聞こうとしただけじゃねぇか。そんなに睨まなくたって」

「あ、ああ。しごきがもらえる引き札か……いや、俺は持っていねぇ」

「ちぇっ、やっぱりそうか。もう配られてからひと月近く経つもんなぁ」

残念そうな相手に悟られぬよう六助は波打つ胸を押さえる。先月、井筒屋が商いを始めてから、こういうことの繰り返しだ。

むこうの店が柳原の先、両国米沢町にあるからといって、高価な品しか扱わない京の呉服屋と、これより下がない土手の古着屋とではあらゆることが違う。それでも、この界隈で井筒屋の噂が飛び交うのは、ひとえに引き札のせいだった。

「今頃、何だってそんなことを言い出しやがった。まさか、おめぇの女房が井筒屋の引き札を集めているんじゃあるめぇな」

八つ当たりとわかっていても六助は不機嫌を隠さない。長吉は気を取り直したのか、へらりと笑った。

「確かにうちの女房は赤いしごき間違いなしのべっぴんだが、眉を落とした人妻だからな。引き札を持って行ったところで、さすがにしごきはもらえねぇって」

「だったら、何でだ」

「実はさ、知り合いの知り合いの知り合いから美人の証の赤いしごきを手に入れて欲しいと頼まれたのさ」

まるで辺りをはばかるように、長吉が一段声をひそめた。

タダより高いものはないと言うが、井筒屋のしごきにも仕掛けがあった。娘が五枚の引き札を持参すれば、高価な絹のしごきがもらえる——その話に嘘はなかったものの、娘によってしごきの色が違った。

井筒屋はとびきりの器量よしにだけ血のような韓紅のしごきを渡し、器量が落ちるに従ってしごきの色が薄くなる——最初にそう言い出したのはどこのどいつだったのか。気が付けば、赤以外の絹のしごきを締める娘は消えていた。

すると、今度は「あの娘の面相で赤いしごきをもらえる訳がねぇ。きっと井筒屋で買ったんだろう」と言い出す者が現れ始め、赤いしごきの色味についてとやかく論じる始末である。

長屋で寝ていた六助もそこまでの事情は知っていたが、長吉によれば「引き札と引き換えの赤いしごきがどうしても欲しい」と駄々をこねる金持ち娘が近頃は大勢いるんだとか。

しかし、大枚はたいて手に入れたって己の器量と釣り合わないと恥をかくだけだろう。「馬鹿馬鹿しい」と呆れれば、長吉は人差し指を左右に振った。

「独り身の六さんにはわからねぇかもしれねぇが、女ってのは男よりも張り合う気持ちが強ぇんだ。手に入りづれぇもんを手に入れて、仲間に自慢したいんだよ」

そもそも金持ちの箱入り娘はめったに人前に出てこない。顔を合わせるのは身内か、似たような育ちの娘ばかりだ。

「いずれ劣らぬ乳母日傘(おんばひがさ)のわがまま娘は仲間同士で張り合っていやがる。美人の証を手に入れて見せびらかそうというんだろう。ああいう連中はどうやって手に入れたかなんて気にしやしねぇ。人の持っていないもんを持っていることが大事なのさ」

したり顔で語られて、六助はげんなりしてしまう。そういう娘は絹のしごきなんぞいくらでも持っているだろうに。

「そんで、おめぇはくだらねぇ見栄の張り合いに手を貸すって訳か」

「そうさ。タダで手に入るものに大金を出してくれるというんだ。これを見逃す手はねぇぜ。赤いしごき間違いなしの美人の心当たりはある。後は井筒屋の引き札が五枚あればいいんだが、あいにく二枚足らなくてよ」

肩を落とす長吉をせせら笑おうとして、六助はふと気になった。

「その赤いしごき間違いなしの美人ってのは」

「だるまやのお糸ちゃんだよ。あの子が五枚の引き札を持って行けば、井筒屋だって文句はあるめぇ。六さんもそう思うだろう」

胸を張る相手に向かって「馬鹿を言うな」と怒鳴りつけた。

「つまんねぇことにお糸ちゃんを巻き込むなっ」

「何でそんなに怒るんだよ。ちゃんと手間賃は払うって」

六助の剣幕に長吉はとまどった顔をする。

相手にすれば、井筒屋は立派な大店である。訝しく思うのも無理ないが、聞いたからには放っておけない。六助はひとつ咳払いした。

「その、何だ。どうも井筒屋って店はうさんくせぇじゃねぇか」

「そうかねぇ。タダで配ったしごきで美人番付をするなんて、なかなか乙な趣向じゃねぇか。別段、目くじらを立てなくたっていいと思うがな」

「だが、やることが一々派手だろう。新参者は新参者らしく、もっとおとなしくしてろってんだ」

むきになって言い立てると、長吉が考え込むような目つきをした。

「新参者だからこそ、世間の耳目を集めようと苦心しているんじゃねぇか。江戸っ子は新しいものに飛びつくが、飽きるのも早ぇ。井筒屋もそれを承知でいろいろ仕掛けているんだろう」

いつになくもっともらしいことを言われて、自ずと六助の眉が寄る。

井筒屋の正体も知らないくせに、勝手なことをぬかしやがって。ぎりりと奥歯を噛み締めたとき、浅草御門の方角から武家娘らしき身なりの女が武家娘らしからぬ勢いでこっちのほうへ駆けてきた。

「ちょいと六さん、聞いとくれ。井筒屋ったらひどいんだよっ」

その声で相手の正体に気付き、六助は激しく咳き込んだ。それでも、井筒屋の名を出されては知らん顔もできない。

「千吉、おめぇはその恰好で井筒屋に行ったのか」

とっさに言い返してから、息を切らして目の前に立つ大柄な美女――にしか見えない男をしみじみ見上げる。頭を御高祖頭巾で覆い、きものは紫と白の矢羽根柄で黒繻子の帯を文庫結びにしている。ご丁寧に懐剣まで差した姿は、どこからどう見ても武家奉公の娘である。

千吉のことだから、どうせ引き札を集めてしごきをもらいに行ったのだろう。それにしても、何でまたそんな恰好で行ったのか。口の端を下げる六助の前で、相手はくやしそうに袂を嚙む。

「井筒屋はしごきを渡すとき、娘の素性を根掘り葉掘り聞くっていうからさ。この恰好ならごまかせると思ったんだよ」

自分なら赤いしごきがもらえると千吉は自信満々だった。しかし、男だとばれてしまえば元も子もない。そこで武家奉公を装い、「しごきを頂きに参ったことが主家に知られては困りますゆえ」と言い逃れるつもりだったという。

ところが、井筒屋は千吉の見込み以上にうるさかった。手代から「頭巾を取っていただきたい」だの、「実家はどちらで」としつこく聞かれ、挙句「当店のしごきは娘さんに限っておりますので」と断られたとか。

ひと通り事情を聞いて、六助は「へえ」と感心する。井筒屋は娘の顔だけでしごきを渡していたんじゃなかったのか。

「おめぇを男と見破るなんて、井筒屋もなかなかやるじゃねぇか」

「おい、このお女中が男なのか。嘘だろう」

隣で話を聞いていた長吉があんぐり口を開ける。正体を知っている自分でもうっかり見惚れる美しさだ。長吉が間抜け面になるのも無理はない。

井筒屋の手代はよくぞ見破ったと思っていたら、千吉は地団太を踏んで吐き捨てた。

「手代のやつ、あたしがどうしても頭巾を取らないもんだから怪しいと思ったんだよ。そのうち、声がどうのと言い出して」

「ああ、なるほど」

いくら裏声で話しても、何度も言葉を発すればむこうもおかしいと感じるはずだ。

千吉は細い眉をつり上げたまま、矢羽根柄の小袖を見下ろす。

「わざわざ損料屋でこんなものまで借りたのに、肝心のしごきがもらえなくちゃ丸損じゃないか」

「気持ちはわかるが諦めな。タダより高いものはねぇと昔から言うだろう」

「何言ってんだい。美人の証の赤いしごきを高値で買いたいっていう金持ち娘が大勢いるんだ。あたし以上の美人なんてどこにもいやしないのに、井筒屋のやつ、出し惜しみをしやがって」

歯ぎしりする千吉を見て、「ちょいと待った」と長吉が遮る。

「するってぇと、おめぇさんの懐には井筒屋の引き札が五枚揃っているってことかい」

目を輝かせる相手を千吉はじろりと睨む。

「言っとくが、譲らねぇよ」

「だが、赤いしごきを手に入れ損なったんだろう。ここはひとつ、俺と手を組まねぇか。いい思案があるんだよ」

六助は嫌な予感がした。

「おい、お糸ちゃんにしごきをもらいに行かせるって話なら、金輪際この俺が許さねえからな」

「六さんは関わりねぇだろう。横から口を出さないでくれ」

「二人して何の話をしてんだよ」

三人の声が重なったとき、突然甲高い声がした。

「ちょいと、何を騒いでんのさ」

その声の主が踊りの師匠のお蔦と知って、六助は腰を浮かせた。

見た目は三十半ばにしか見えないが、女に詳しい千吉によれば「五十をとうに過ぎている」らしい。今日は鶯色の地に竹に雀柄の小紋を着て、砥粉色（白っぽい薄茶色）の帯を後ろで結んでいる。

言い合いに水を差されて六助たちが黙り込むと、お蔦は真っ赤な唇を左右にゆっくり引き上げた。

「六さん、今日こそは掘り出し物を見せておくれよ。おまえさんが商いを休んでばかりいるせいで、あたしはさんざん無駄足を踏んだんだから」

「そ、そいつぁ、すまなかったな」

見た目だけなら好みのせいか、それとも本当の年を知ったせいか、六助はお蔦が苦手である。柄にもなく素直に謝ると、お蔦は満足そうにうなずいてから女中姿の千吉を上から下までじっと見た。

「誰かと思えば、余一さんや六さんと一緒にうちまで来た兄さんじゃないか。今日はまた何だってそんな恰好をしているのさ。花見の芝居の稽古をするには、いくら何でも早過ぎだよ」

ひと目で男と見破られた上、花見の芝居とからかわれて千吉の顔が真っ赤に染まる。六助はうっかり噴き出した。

「さすがに師匠は見る目がある。おい、やっぱりおめぇの女装もここら辺が引き際だろうぜ」

女だって二十歳を過ぎれば年増と呼ばれる。二十歳をすでに超えた男がいつまでも嫁入り前の娘に化けられるはずがない。ところが、千吉は聞く耳を持たなかった。

「うるさいね。ケチな手代と妖怪変化にばれただけじゃないか。いちいち気にしていられるかい」

よほど気に障ったらしく、まともにお蔦をこき下ろす。踊りの師匠は口元に笑みを浮かべたまま、目に剣呑な光を宿らせた。

「ちょいと、妖怪変化って誰のことさ」

「おまえさんのことだよ。並みの男は見破れなくても、あたしはおまえさんが本当はいくつなのか、ちゃんと見当がついてんだ。はずかしげもなく、よくそんな若作りができるもんだね」

「そっちこそ、その大きな図体で女の恰好をしているなんてさ。頭がおかしいんじゃないのかい」

「頭がおかしいのはそっちだろう。いい年をして竹に雀柄だなんて、良縁祈願でもするつもりかい。まったく笑わせてくれるじゃないか」

「笑わせてくれるのはそっちのほうさ。男を引っかけたいのなら、日が暮れてから出ておいで。もっとも、土手の夜鷹と張り合ったって勝ち目はないかもしれないけどね」

「何だってぇ」

見た目だけなら美しい女たちによる派手な言い合いが始まってしまい、六助は何てこったと頭を抱える。

初めて顔を合わせたとき、千吉とお蔦は意気投合していたはずだ。今日はどうしてと思ったとき、長吉の言葉を思い出す。

――女ってのは男よりも張り合う気持ちが強ぇんだ。

ちなみに、そう言った隣人は自分の床見世に逃げ込んでいる。

井筒屋の件はお蔦のおかげでうやむやになってくれたものの、一難去ってまた一難だ。たまに起きて働くと、決まってこんなことになる。

　六助は何度目かわからない大きなため息をこぼしていた。

二

「二人とも往来で騒がれちゃ迷惑だ。ちったぁ静かにしてくれ」

　己のことは棚に上げ、六助が苦りきった声を出す。すると、千吉とお蔦が二人一緒にこっちを見た。

「こっちは喧嘩を売られたんだ。買って当然じゃないか」

「あたしは男が女の恰好をしているから、おかしいって言っただけじゃないか」

「俺に言わせりゃ、どっちもどっちだ。目くそ鼻くそを笑うってやつだな」

　六助がぶすりと言うなり、二人は声を揃えて「何だって」と叫ぶ。本当に似た者同士だと思いつつ、まずはお蔦の機嫌を取る。

「師匠は俺が休んでいる間に何度も足を運んでくれたんだってな。お詫びに余一が始末したとっておきを見せてやるよ」

そう言って古着の奥から引っ張り出したのは、似紫の地に雪持ち柳が描かれた小袖である。その見事さに魅せられてお蔦の顔から刺々しさが消え失せた。

「あら、いいわねぇ。余一さんが始末しただけあって新品同然じゃないか。まさか柳原でこんな品にお目にかかれるとは思わなかったよ」

余一が始末したと聞いて千吉も身を乗り出したが、己の好みとかけ離れた年増好みのきものと知ってどうでもよさそうにそっぽを向く。六助は胸をなでおろし、お蔦にきものの説明を始める。

「こいつは似紫だが、なかなかいい色だろう。江戸紫よりくすんでいるところがかえって味があるってもんさ」

はるか昔から紫草は武蔵野の名物で、その根を使って青みがかった紫、「江戸紫」がさかんに染められた。今では「京の紅染め、江戸の紫染め」と並び称される紫染めだが、紅染め同様、濃い紫に染めるには高価な紫草の根をたくさん使う。そのため値が高くなり、江戸紫と言いながら巷の江戸っ子は手を出しづらい。

対して「似紫」は蘇芳と藍で染めるため、はるかに金がかからない。しかも、紫草の根だけで染めるより色味の加減がしやすかった。鮮やかさでは江戸紫にかなわなくても、その分落ち着いた色になる。

お蔦に恨みのある千吉はここぞとばかりにせせら笑った。

「なるほどね。若作りのばあさんには、江戸紫より似紫が似合いだよ」

「そういうあんたは似せ女だろ。横からとやかく言うんじゃないよ」

嫌味たらしい当てこすりはすかさずお蔦に切り返される。千吉はくやしそうに押し黙り、お蔦は再び雪持ち柳のきものに目を細めた。

「実のところ、あたしは江戸紫より似紫のほうが好きなのさ。高いきものは見ている分にはいいけれど、着ると肩が張るもんだよ」

「師匠の口からそういう言葉が出るとは思わなかった。踊りの師匠をしているくらいだ。元の育ちはいいんだろうに」

女の習い事の中でも、踊りは特に金がかかると聞いている。不思議そうな六助にお蔦は苦い笑みを浮かべた。

「金持ち娘の嫁入り道具が身過ぎ世過ぎになるもんかね。あたしは駕籠かき人足の娘で、本来なら踊りを習えるような身分じゃないんだ。駕籠屋の親方のお嬢さんと同い年だった縁で、お供で習い始めたのさ」

ところが、肝心のお嬢さんはちっとも稽古に身が入らず、おまけのお蔦があっという間に上達したそうだ。

「普通はそんなことになると、妬まれていじめられるのが関の山だ。でも、うちのお嬢さんは心の広いお方でね。自分は踊りが嫌いだけど、お蔦は特別上手だから稽古を続けさせてやってくれって……親方に頼んでくださったんだよ」

「いい話じゃねぇか。そういや、師匠の踊りは何流なんだい」

六助が何気なく問いかけたとき、お蔦の背後から「何だ、それは」と耳に不快なだみ声がした。

「柳原には不似合いな上物じゃねぇか。まさか後ろ暗い品じゃあるめぇな」

いつの間にやって来たものか、夕日を背に立っていたのは神田を縄張りとする十手持ち、須田町の矢五郎だった。

病持ちのような青白い顔色をしているくせに、金の匂いに敏感な上、悪知恵も働く。貧乏人しかいない柳原にはめったに近寄らなかったのに、今日に限ってどうしたのか。

六助は訝しく思いながらも、顔には満面の笑みを浮かべた。

「親分、冗談を言っちゃいけやせん。俺はお上の鑑札をいただいたまっとうな古着屋ですぜ。後ろ暗い品なんて扱う訳がありやせん」

「だが、おめぇは商いを休んでばかりいるそうじゃねぇか。よりによってこんな上物を持ち込む客がいるとはなぁ」

矢五郎はわざとらしく語尾を伸ばし、お蔦の手から似紫のきものをひったくる。非難の声を上げようとしたお蔦の口を千吉が慌ててふさいだ。

ここで事を荒立てれば、千吉の素性も問われかねない。六助は腰をかがめて十手持ちに訴えた。

「そいつは客から買ったんじゃなく、まとめて仕入れた古着の中に交ざっていた掘出しもんでさ。よくご覧になってくだせぇ」

「おぉ、見れば見るほど、土手には不似合いな上物だ。とても二束三文の古着の山に交ざっていたとは思えねぇ。いったいどんなあこぎな真似で手に入れやがった。下手に隠し立てするとためにならねぇぞ」

奪ったきものを眺めながら、矢五郎はこれ見よがしに十手をちらつかせる。昔は盗品も扱っていたが、今では堅気の六助だ。本当に後ろ暗い品をこんな往来で売るものかと腹の内で言い返しつつ、どこまでも腰を低くする。

「天地神明に誓って、あこぎな真似なんぞしておりやせん。ご不審なところがありやしたら、とっくりお調べになってくだせぇ」

「ふん、言うにゃ及ぶだ。こいつは預からせてもらうぜ」

顔色の悪い十手持ちはきものを丸めて小脇に抱える。お蔦は千吉の手を振り払い、

「待ってください」と悲鳴じみた声を上げた。

「そのきものはあたしが買おうとしていたんです。脇から持って行くなんて、あんまりじゃありませんか」

千吉に袖を引っ張られても、お蔦の口は止まらない。矢五郎は眉をひそめ、「文句があるのか」とまたぞろ十手を振りかざす。

「定廻り(じょうまわ)の旦那(だんな)から直々に見せていただいた盗品の控えに、これとよく似た色柄のきものがあったんだ。奉行所に持ち帰って確かめてみなくちゃならねぇ」

「だったら、せめて預かり証を」

「この俺が信用できねぇってのかっ。お上の調べの邪魔をすれば、女だってただじゃおかねぇぞ」

お蔦がくやしげに口をつぐむと、矢五郎は勝ち誇った表情で両国の方へ立ち去った。その背中が見えなくなるなり、お蔦は両手を振り回す。

「六さん、どうしてくれるのよっ。あの雪持ち柳はあたしのでしょ」

「そんなことを言ったって相手が悪いや」

大事なきものをふんだくられた上に、どうしてお蔦に怒られなければならないのか。あのきものはできれば二分(ぶ)(一両の二分の一)、安くても一分にはなるはずだった。売れれば十日は寝ていられたのに、一文にもならないなんてあんまりだ。

ふてくされた六助の隣で、千吉がにたりと笑う。

「きっと天の神様がもう若作りは止めろっておっしゃっているのさ」

「何ですってぇ」

露骨な千吉の嫌味にますますお蔦はいきり立つ。そのとき、「とうとう六さんもやられたな」と、長吉が顔を出した。

「でも、似紫のきもの一枚だけでよかったじゃねぇか。余一が始末したもんなら、仕入れ値もたいしたことはないんだろう」

「おい、そういう言い方はねぇだろう。こっちは十手持ちに大事な売り物をふんだくられたんだぞ」

「別にめずらしいこっちゃねぇ。見世によっちゃあ、めぼしい売り物をごっそり持って行かれたところもあるんだから」

このところ商いを休んでいた六助は知らなかったが、近頃矢五郎は柳原の古着屋に因縁をつけては売り物を持って行ってしまうらしい。長吉は続けて吐き捨てた。

「こっちは寒い川風に耐えて地道に商いをしているんだ。そんなに金が欲しいなら、蔵のある店から持って行きやがれ」

長吉の恨みはもっともで、柳原の古着と言ったらこれ以下がない安物ばかりだ。お上風を吹かしたところで得られる金は知れている。金に目のない十手持ちに目をつけられる覚えはない。

「大店の醜聞拾いに精を出したほうがよほど金になるのにな」

「まったくだぜ」

聞けば、長吉も三日前に売り物を持って行かれたという。

「若い娘が喜びそうな黄八丈と男物の黒の羽二重（はぶたえ）……めったにねぇ出物をまんまと持って行かれちまった。近頃は矢五郎を避けるために、土手を離れて行商をしている連中もいるくれぇだ」

だから閑散としていたのかと、六助はようやく納得する。この調子で土手の古着屋が少なくなれば、買いに来る客はさらに減る。そうなれば、貧乏人を陰で支える柳原の名物が消えてしまう。

六助は仕事などしたくないが、柳原の土手から薄汚れた床見世とにぎわいが消えるのは御免である。たとえ雑巾（ぞうきん）の手前のような古着であっても、そのきものがないと困る貧乏人は大勢いるのだ。

「矢五郎の狙（ねら）いを早々に確かめねぇといけねぇな」

本当は十手持ちになど近付きたくないけれど、そうも言っていられない。腕を組んだ六助に、「何言ってるの」とお蔦が怒った。

「そんなことより、一刻も早くあたしの雪持ち柳のきものを取り返してちょうだいよ。盗品かどうか確かめるなんて言っていたけど、どうせすぐさま売り払ってしまうに決まっているわ」

「だが、矢五郎に巻き上げられたのはあのきものだけじゃねぇと言うし」

「だから何っ。六さんは売り物を横取りされて、くやしくないの」

「いや、そりゃくやしいが……いったいどうやって」

ものには順序があると言ってもお蔦は耳を貸さないだろう。相手の剣幕に押されて六助が聞くと、相手は待ってましたと言いたげに手を打った。

「これから余一さんのところへ行って、それを相談しましょうよ」

「何で余一に」

「だって、さっきのきものは余一さんが始末したものなんでしょう。それを奪われたんだもの。余一さんだってくやしいはずよ」

「そりゃ、そうだが」

「それに、あの十手持ちのせいで土手の古着屋がさびれたら、余一さんだって困るでしょ。きっと何とかしてくれるわ」

自信たっぷりに言い切られ、六助の顎（あご）がだらしなく下がる。

いくら余一が「きものの何でも屋」でも、「岡っ引きに取り上げられたきものの取り返し方」まで相談されては迷惑だろう。それに井筒屋のことが引っかかっている今は、余計な面倒に巻き込みたくない。

「今度のことに余一は関わりねぇ。矢五郎のことは俺が調べる」

「六さんがそうしたいなら、そうしなさいよ。あたしはあたしで余一さんのところへ相談に行くから」

「何だと」

人の話を聞かないお蔦に六助が腹を立てたとき、それまで黙っていた千吉が咎めるような声を出した。

「ちょいと、勝手なことばかり言うんじゃないよ」

「千吉」

よくぞ言ってくれたと六助が言おうとしたら、

「余一のところへ行くのなら、あたしも一緒に行くからね」

思惑外れの台詞（せりふ）を聞いて、六助の顎が再び下がる。

「どうしておめぇまで」

「預けたきものの始末がまだ終わっていないんだよ。余一は女に甘いから、そのばあさんに猫なで声で頼まれたら、あたしの仕事を後回しにしかねない。そんな真似は断じてさせるもんか」

長吉は息巻く二人を見て、「俺の黄八丈と黒羽二重も取り返してくれよ」と情けない声を上げている。

思い込んだら猪突猛進、自分のことしか考えないお蔦と千吉のすることだ。二人だけで余一のところへ行かせたらとんでもないことになる。

六助はもはやため息すら出なかった。

三

夕暮れどきに三人で押しかけると、余一は一瞬目を瞠り、すぐに嫌な顔をした。千吉が女の姿でやって来たのが気に入らないのだろう。

「千吉、おめぇに頼まれた始末はできちゃいねぇぜ。師匠も何だってこんな奴と一緒なんだ。頼まれているものはなかったはずだが」

入口をふさぐ恰好でそう言い放ってから、余一は六助をじろりと睨む。六助が肩をすくめると、お蔦がずいと前に出た。

「柳原でとんでもないことが起こっているのさ。事情を聞けば、余一さんだって知らん顔はできないはずだよ」

「そいつぁ、いったい」

「立ち話ですむような話じゃない。早く中に入れておくれ」

その勢いに逆らえず、余一は嫌そうに三人を招き入れる。そして、お蔦の口から矢五郎の話を聞くと、表情を改めた。

「十手を笠（かさ）に売り物を取り上げるなんざ、盗人（ぬすっと）よりも性質（たち）が悪いぜ」

「やっぱり、余一さんもそう思うだろう。だから、あたしの雪持ち柳のきものを取り返しておくれ」

「それより、あたしが頼んだきものの始末が先だからね。順番を違えたら、ただじゃおかないよ」

女中姿の千吉がお蔦に負けじと声を上げる。見た目だけならいい女二人に余一が冷たい目を向けた。

「師匠も千吉もてめぇの都合を言うだけなら、とっとと帰ってくれ」

六助には好き勝手を言う二人だが、余一には頭が上がらない。余一の機嫌を損ねたら、きものの始末をしてもらえなくなるからだ。

ようやく静かになったところで、六助が口を開く。

「矢五郎の勝手を許しておいちゃ、柳原の古着屋は立ち行かなくなっちまう。とはいえ、神田は野郎の縄張りだし、他の十手持ちを頼るのもうまい手とは言えねぇ。やつらは同じ穴のむじなで、タダでは動かないからな」

余一は顎に手をやって、ややして「千吉」と名を呼んだ。

「おめぇは物騒な連中と知り合いだろう。矢五郎親分について調べてくれ」

「冗談じゃない。どうしてあたしがそんなこと」

「おれの頼みを聞いてくれれば、預かっている小袖の始末をすぐしてやるぜ」

異を唱える相手に余一がいつもの切り札を出す。千吉は細い眉をつり上げて、目の前の職人を睨みつけた。

「そんなのずるいじゃないかっ。あたしが始末を頼んだのは去年の十一月だよ。本当ならもう始末が終わっているはずなのに」

「嫌だと言うなら、もっと後回しにしてもいいんだぜ。とっつぁんに頼まれた煤まみれのきものがまだたくさんあるからな」

千吉は歯ぎしりしてくやしがったが、「わかったよっ」と立ち上がり、足音もけたたましく櫓長屋を出て行った。後に残った三人はしばし顔を見合わせる。

「師匠も今日のところは帰ってくれ」

泣き寝入りをせずにすみそうだと思ったのか、お蔦も少しは落ち着いたらしい。

「何かわかったら教えておくれ」と念を押し、おとなしく帰ってくれた。騒がしい二人がいなくなり、六助は安堵の息を吐く。

「すまねぇな、余一」

「どうした、いきなり」

「俺は今度の一件におめぇを巻き込むつもりはなかったんだが」

いつになく殊勝なことを言えば、余一が意外そうな顔をする。その表情から自分がどう思われているかを悟り、六助は苦笑した。

無理もない。今まで事あるごとに迷惑をかけている。悪いものでも食ったのかと思っているのだろう。

――……井筒屋には、近づけるな。

死ぬ間際、親方が六助にだけ打ち明けたのは本人に教えたくないからだ。

だが、絶対に教えたくないのなら、六助にも言わなければいい。親方も黙って逝くことに迷いがあったに違いない。

金持ちが嫌いな余一のことだ。今後も進んで井筒屋に近づくことはないだろうが、綾太郎のようにむこうから近づいてくることは考えられる。

そうなってから、井筒屋との因縁を余一に話すべきなのか。それとも、あらかじめ教えた上で、「井筒屋には近づくな」と釘を刺しておくべきか。

この悩みに答えを出してから余一の顔を見たかった。まして、それ以外の厄介事に引っ張り込む気はなかったのに。

「いい年をして、いろいろ情けねぇな」

自嘲まじりに呟けば、余一がふと目を細める。

「とっつぁんが情けねぇのは昔からだ。今さら気にするこたぁねぇ」

「何だと」

人が真面目に話しているのに茶化しやがって。六助が声を荒らげると、めずらしく余一が笑みを深めた。

「とっつぁんが立派な人だったら、おれはとても近寄れねぇ。いい加減な怠け者だから、こっちも言いたいことが言えるのさ」

その口ぶりがやさしくて六助は耳がこそばゆくなる。こいつはこういうところが人たらしなんだと思いつつ、「おきゃあがれ」とそっぽを向いた。

千吉が再び櫓長屋にやって来たのは、三日後の二月六日の昼過ぎだった。六助はもちろん、お蔦まで稽古を休んで余一のところに足を運んだ。

「調べたことを話す前に確かめておく。頼んだきもの始末はいつできるんだ」

日頃、きものを質に取られていいように使われているからだろう。男姿の千吉が余一に低い声で尋ねる。余一は腕を組み、「そうだな」と呟いた。

「晴れが続けば五日、雨が降っても十日ってところか。遅くとも今月二十日には終わっているはずだ」

はっきりと日を言われ、千吉はようやく目元を緩めた。

「そいつを聞いて安心したよ。三月にはあれを着て芝居見物に行くつもりなんだ」

束の間、余一は眉を寄せたが、何も言わずに顎を引く。代わりに六助が声を上げた。

「おい、そのきものは女もんじゃねぇのか」

「俺が始末を頼むのはいつもそうじゃないか。とびきりの艶姿を板の上にいるやつに見せてやるつもりなのさ」

胸を張って言い返され、六助は頭が痛くなる。いくら千吉が並みの女形より美しい女に化けられるとはいえ、舞台の上の役者と張り合ってどうする気だ。腹の中で呆れていたら、お蔦が苛立った調子で口を挟んだ。

「それより、矢五郎は何だってあたしのきものを持ってっちまったんだい。ちゃんと調べはついたんだろうね」

「ふん、金も払っていねぇくせに、あたしのきものもねえもんだ。まぁ、いい。老い先短いばあさんのために、もったいぶらずに話してやるよ」

かつて芳町一の売れっ子陰間だった千吉は今でも裏の連中に顔が利く。その伝手を頼りに調べたところ、矢五郎の後ろには思いがけない人物がいたという。

「まさか、あの人の差し金で土手の古着屋に難くせをつけていたとはなぁ。俺もにわかに信じられなかったくらいだ」

「おい、千吉。もったいぶらずに話すんじゃなかったのか。さっさと誰の差し金か白状しやがれ」

胡坐をかいた六助がいらいらと身体を揺する。千吉はにやりと笑った。

「矢五郎を動かしているのは、両国の井筒屋さ」

その言葉を聞いた刹那、六助は驚きのあまり大声を上げた。

「馬鹿なことを言うんじゃねぇっ」

「御挨拶だね。あたしはほんの数年前まで裏にも表にも通じたお人と枕を交わしていたんだよ。その気になれば、いくらでも話は聞こえてくるんだ」

昔の話になったせいか、千吉の言葉遣いが女じみる。睨み合う千吉と六助の脇でお蔦が目を丸くした。

「井筒屋ってのは、しごきで美人番付をしたっていう呉服屋だろう。そんな店がどうして土手の古着屋を目の敵にするんだい。どうせ足を引っ張るなら、同業の大店に目をつけそうなもんじゃないか」

余一は黙って三人の話を聞いている。千吉はお蔦にうなずいた。

「それがさ、土手の古着屋が目障りなんだって」

「商売敵にならない相手が目障りとはどういうこった」

憤る六助に千吉は狐（きつね）のように目を細める。

「言葉通りさ。井筒屋が店を開いたばかりの頃、お武家の奥様方が乗り物で店に押しかけてね。そのとき、『正月早々嫌なものを目にしてしまいました』と井筒屋の主人に言ったんだと」

お城の北、飯田町から駿河台（するがだい）の一帯は、大小の旗本屋敷がひしめいている。そこから両国の井筒屋へ供を引きつれて行こうとすれば、人の多い町中より川沿いの土手を選ぶだろう。その道筋に筵がけの古着屋がひしめいているのを見て、身分の高い奥様連中は「嫌なものを見た」と言ったらしい。それを受けて井筒屋は矢五郎を動かし、土手の古着屋を一掃しようと目論んだようだ。

六助はにわかに信じられなかったけれど、日頃金持ち女を食い物にしている千吉はもっともらしい顔つきで腕を組む。

「むこうにしてみりゃ、俺たち貧乏人は道端の雑草と変わらねぇ。土手の古着屋は床見世だし、すぐに追っ払えると踏んだのさ」

「なめやがって」

自分でも思いがけないほど低い声が六助の口から漏れた。

――……井筒屋には、近づけるな。

今さらながら、余一の親方の気持ちがよくわかる。井筒屋というのはとことん性根の腐ったやつらのようだ。

だが、本人に何も知らせぬまま事を構えていいのだろうか。六助が迷っていると、当の余一が唸るように言った。

「矢五郎のやつ、上方から来た新参者に踊らされやがって。これ以上、勝手な真似はさせねぇからな」

「おめぇが怒るのはもっともだが、むこうは十手を預かっている。下手に手を出せば、こっちが痛い目を見かねないぜ」

そう言う千吉が本当に恐れているのは井筒屋だろう。十手持ちがひとりでやっていることなら、やめさせる手立てはいろいろある。古着屋に因縁をつけるよりもっと儲かることを教えてやればいいからだ。

しかし、大店の指図となれば、そうもいかない。矢五郎はけっこうな金を井筒屋からもらっているはずで、手を引かせるにはそれ以上の金がかかるだろう。顔をしかめる六助の前で、余一はきっぱり言い切った。

「だからって、指をくわえて見ていられるか」

「さすがは余一さんだ。土手の古着屋がなくなれば、一番困るのは貧乏人だからね。弱きを助け、強きをくじく。それでこそ男ってもんさ。どっかの男女とは大違いだよ」

「何だとっ」

暇さえあればいがみ合う二人に六助がうんざりしていると、余一が千吉に話しかける。

「矢五郎が御用風を吹かせていられるのは、定廻りから手札を頂いているからだろう。その旦那にも井筒屋の手は回っているのか」

「いや、それはねぇんじゃないか。たとえ三十俵二人扶持でも、むこうは一応二本差だ。特に定廻りは金に困っちゃいねぇはずだし、矢五郎を使っているのは北の原口庄助って同心で、まだ若ぇ堅物らしい。京から下ったばかりの商人にやすやすと乗せられるとは思えねぇ」

千吉が答えたとたん、お蔦の顔色が変わった。

「北の原口庄助って……その方は今、定廻り同心をしているのかい」

「そういや、定廻りになって間がないって聞いたっけ。なんだ、ばあさん。ひょっとしてその旦那と知り合いか」

好都合だと言わんばかりに千吉がお蔦に聞く。すると、踊りの師匠はいつになく慌てた様子で首を左右に振った。

「とんでもない。町方のお役人に知り合いなんぞいるもんか」

「ははぁん、さては他人に言えない後ろ暗いところがあるんだな」

嫌味たらしい呟きは痛いところを突いたらしい。お蔦は青い顔をして勢いよく立ち上がる。

「そんな連中が絡んでいるんじゃ面倒だ。あたしは手を引かせてもらうよ」

「似紫の雪持ち柳を諦めるっていうのかい」

いきなり態度を変えられて、六助はすっかり面食らう。余一も訝しげなまなざしをお蔦に向けた。

「弱きを助け、強きをくじく。それが男だと言ったばかりじゃありやせんか。急にどうしなすった。師匠らしくもねぇ」

「あいにく、あたしは女なんでね。負けるとわかっている勝負に加わりたくないんだよ。あのきものは縁がなかったと思うことにするさ」

お蔦はそう言って逃げるように出ていく。千吉が忌々しげに舌打ちした。

「これだから妖怪変化は当てにならねぇ」

「そう言うおまえはどうなんだ。本音じゃ十手持ちを敵に回したくねぇんだろう」

余一に水を向けられて千吉が目をしばたたく。それから気まずそうに顎を撫でた。

「いや、俺はさ、まあ、その、何だ」

「おめぇのきものなら、約束通りちゃんと始末してやる。気が進まないなら、無理をするこたぁねぇ」

静かな口調で続けられ、千吉が上目遣いに余一を見る。やがて「悪いな」と言いながら、忍び足で出ていった。

「どいつもこいつも話が大きくなったら、そのまま他人に丸投げかよ」

文句を言う六助に余一は苦笑した。

「千吉は後ろ暗いところのある身だ。面と向かって十手持ちに逆らいたくないんだろう。とっつぁんだって無理をしなくてもいいんだぜ」

最初に話を聞いたときから、いざとなったらひとりでやると余一は決めていたらしい。六助はだからこそ知らん顔などできなかった。

余一と井筒屋の関わりを知っているのは自分だけだ。ここで逃げ出す訳にはいかない。

六助は大きく息を吸った。

「余一がやるなら、俺もやる」

四

翌日、余一と六助は小網町に向かって歩いていた。お蔦の真意を確かめたいと余一が言い出したためである。

「原口って旦那の名を聞いて、師匠の様子がおかしくなった。きっとその旦那と訳ありなんだろう」

「だとしても、あれだけ気に入っていたきものを諦めると言い出したんだ。他人には言えねぇよくよくの事情があるんじゃねぇか」

大股で歩く余一に比べ、六助の足は遅れがちだ。こっちから問い詰めに行くのもどうかと思っていたら、前を行く余一が振り向いた。

「嫌なら、おれがひとりで行く。別に付き合わなくてもいいんだぜ」

「いや、そういうことじゃねぇんだが」

言い返す六助の声は尻すぼみに小さくなる。しばらく黙って歩いていたら、ぼそりと余一が言った。

「とっつぁん、気付いたかい」

「何を」

「往来を歩いている娘が誰ひとり井筒屋のしごきを締めちゃいねぇ」

言われて周囲に目をやれば、娘たちはみな地味なしごきを締めていた。一時はこぞって華やかな絹のしごきを締めていたのが嘘のようだ。

「美人番付の噂が広まったせいで、せっかくもらった絹のしごきも締めにくくなっちまったんだろう」

「おれはそいつが許せねぇんだ」

六助の呟きに余一がぐっとこぶしを握る。貧乏人に絹のしごきは高嶺の花だ。しごきを手に入れた娘たちはさぞや喜んだことだろう。

だが、「器量よしは真っ赤なしごき」という評判が立ったせいで、もらったしごきを締められなくなった。きっと今頃は貧乏長屋の行李の奥にしまわれているに違いない。実にもったいねぇ話だと六助も思う。

「高いところに持ち上げてから、いきなり手を離す。おれは井筒屋のそういうやり口が気に食わねぇ。しかも、くだらねぇ理由で土手の古着屋に十手持ちをけしかけやがって。師匠が原口って同心と知り合いなら話は早ぇ」

矢五郎のやっていることは強請たかりと変わらない。原口がまっとうな同心ならば黙っていないだろうと余一は考えているようだ。

「原口の旦那にものが頼めるような間柄なら、師匠だってあんなふうに逃げ出さねぇと思うがな」

「かもしれねぇ。だが、話を聞かねぇうちから諦めるつもりもねぇ」

「けどなぁ」

「そもそも今度の話を持ち込んだのは師匠じゃねぇか。何も言わずに逃げ出すってなぁ、ずるいだろう」

何気ない余一の言葉が六助の胸を重くする。傍らを歩く整った横顔を六助はそっと盗み見た。

余一がきものに付いた染みや汚れを跡形もなく落とせるように、聞いた言葉を頭の中から消し去ることができればよかった。言葉は形を持たないのに、聞いたら最後、なかったことにはできないから厄介だ。

――おまえさえこの世にいなけりゃあっ。

親方が怒りに任せて口にした自分の生い立ちを聞いて以来、余一は我が身を責め続けている。井筒屋との因縁を知って、さらに追い詰めて欲しくない。

しかし、隠し続けることが本当に余一のためなのか。後で本当のことを知れば、ますます悩みを深めるのでは……六助があれこれ思い迷っているうちに、二人はお蔦の家に着いた。

ちょうど稽古が終わったらしく、十二、三の少女が玄関からぞろぞろ出てくる。その一番後ろにお蔦の姿も見えた。

「お師匠さん、ありがとうございました」

「今日教えたところはちゃんとさらっておきなさいよ。次の稽古で同じところを間違えたら、承知しないからね」

師匠の厳しい声に少女たちは目配せして笑い合う。それから「はあい」と返事をして、跳ねるような足取りで帰っていく。目尻を下げて見送ったお蔦は、少し離れて立っていた余一と六助に気が付いた。

「今日はいったい何の用だい」

「どうにも気になったんで聞きに来やした」

「……八ツ（午後二時）になったら、また弟子が来る。あんまり長居をしてもらっちゃ困るよ」

お蔦はそう断って、二人を中に誘った。

「それにしても、余一さんらしくないじゃないか。昨日の今日で女の家に押しかけてくるなんて」

長火鉢の鉄瓶を取り、お蔦がお茶を淹れてくれる。迷惑顔の相手に六助は亀のように首を縮め、余一はおもむろに口を開いた。

「らしくねぇのは師匠のほうでしょう。雪持ち柳のきものは、なるほど師匠によく似合う。とっつぁんも伊達や酔狂で古着屋をやっちゃいねぇようだ。ちゃんと人を見てきものを勧めているらしい」

「ああ、そうだね。あのきものは惜しいけど、どうやら縁がなかったようだ」

「そんなに原口って旦那と関わりたくねぇんですかい」

これ以上の前置きは不要とばかりに余一が切り出す。お蔦は目をそらし、すぐそばにある年季の入った煙草盆に手を伸ばした。いささか乱暴な手つきで煙管に煙草を詰め、口にくわえて鉄瓶の下の真っ赤な炭に近付ける。そして白い煙を吐いてから、気だるい様子で顔を上げた。

「だったら、何だい」

「どうして関わりたくねぇのか、教えてもらいてぇと思いやして」

「おまえさんに教える義理はないよ」

そう答えるお蔦の顔はいつになく年を取って見えた。それでも、五十過ぎには見えないからたいしたものだ。

「あの雪持ち柳の小袖はもらい火で焼けた質屋の燃え残った蔵から出てきやした。煤はもちろん、こげくせぇにおいを落とすのにずいぶん往生したんでさ」

「だから何だい」

「本当なら灰になっているはずのもんがせっかくよみがえったんだ。矢五郎みてぇな野郎に好き勝手をされちゃ、腹の虫がおさまらねぇ。師匠はあのきものが誰にどんな扱いを受けても気にならねぇって言うんですかい」

余一の真摯な表情にお蔦の肩がぴくりと揺れた。

「……あたしが旦那との関わりを話したら、あのきものが戻ってくるとでも」

「そういう訳じゃありやせん。だが、原口って旦那を動かせれば、あのきものを取り戻すことができるかもしれねぇ。その見込みが少しでもあるなら、動いてみてぇんでさ」

とつとつと余一が訴える間、お蔦は忙しなく煙草を吸っていた。そのうちすべて燃え尽きたのか、煙管を灰吹きに叩きつける。

「こっちから頼んでおいて何だけど、あたしはもう諦めたんだ。お節介なんて、余一さんの柄じゃないだろう」

「あいにく、きものが絡むとそうも言っちゃいられねぇ。師匠だって踊りが絡めば、引くに引けないこともあるはずだ」

どこか照れくさそうに余一が言ったとたん、お蔦の顔がくしゃりと歪む。それから泣きそうな声を出した。

「あたしが関わりたくないのは、原口って旦那じゃない。その旦那には会ったこともないんでね」

「それじゃ、井筒屋か」

六助が横から口を出せば、お蔦は観念したようにため息をつく。

「原口の旦那には会ったことがないけど、旦那の御新造さんはあたしの弟子だったのさ。他の誰より目をかけていた、踊りの才のある子だった」

「だったら、渡りに船じゃねぇか。その人から亭主に頼んでもらえば」

「その誰より目をかけていた弟子に、あたしはひどい仕打ちをしたんだよ」

長火鉢の端を勢いよく手で叩き、お蔦は事情を語り出した。

お蔦が水木流の名取、水木蔦歌を名乗っていた頃、その名は踊りの名手として世間に知られていたらしい。

水木流は家元も含めて女ばかりの踊りの流派だ。お狂言師として大名、旗本屋敷に招かれることもよくあった。貧しい家の出の蔦歌に対する周りの風当たりは強かったが、舞台の上では芸がすべてと本人は歯牙にもかけなかった。

しかし、二十五のときに朋輩たちに陥れられ、家元から破門されたという。

「水木蔦歌を名乗れなくなった以上、本来なら踊りで身を立てることだってはばかれるんだけど……あたしゃ他にできることがないんでね」

破門されても、贔屓の中にはお蔦の舞を惜しんでくれる人がいた。その人たちの後押しを受け、ただのお蔦として踊りを教えることになったそうだ。

「もちろん、あたしに踊りを習ったところで名取になることはできない。それでもいいから踊りを習ってみたいという貧しい娘もそれなりにいる。あたしは安い束脩でそういう娘たちに教えてきたんだ」

その中に、大工の娘でありながらめっぽう筋のいいお竹という子がいた。

この子なら、自分を超える踊り手になれる――お蔦はその才に夢中になり、人より長く稽古をつけ、おさらい会ではいい役を振った。結果、お竹は周りの妬みを買い、他の弟子やその親から文句が出るようになってしまった。

このままではお竹以外の弟子が離れてしまう。己の暮らしを守るために、お蔦は泣く泣くお竹と縁を切ったそうだ。

「かつて自分がやられたことをあたしはお竹にしちまったのさ。女がひとり、芸で生きていくためにね」

そのとき、お竹は十五だったという。「もう稽古に来るな」と告げたとき、泣いてお蔦に縋ったらしい。自分をいじめた朋輩よりも突然手のひらを返した師匠を恨めしく思ったことだろう。

「それから何年かして、お竹が町方同心の原口様に見初められて一緒になったと聞いたときは心底ほっとしたんだよ。まさか、その旦那が定廻りにまで出世しているとは思わなかった」

　これでわかっただろうと、お蔦は顔を上げて余一を見た。

「あたしはお竹にもお竹の旦那にも頼み事のできる筋合いじゃない。あのきものは諦めるしかないじゃないか」

「おれはそうは思いやせん。お竹さんは師匠に感謝はしていても、恨んでなんかいねぇはずだ」

　余一がそう言ったとたん、お蔦の目がつり上がる。

「あんた、あたしの話をちゃんと聞いていたのかい。どうしてお竹があたしを恨んでいないだなんて」

「おれがお竹さんの立場なら、師匠を恨んだりしねぇからでさ」

「おい、余一」

　怒りで息を弾ませるお蔦を余一はまっすぐ見つめ返す。六助は余一の袖を引っ張ったが、頑固な職人は構わず続けた。

「お竹さんだっていつまでも十五の子供じゃありやせん。当時の師匠のつらい立場はとうに察しがついているはずだ」

「あんたはお竹を知らないから、そんなことが言えんのさっ。あの子はあたしに土下座までして踊りを教えてくれ、稽古を続けさせてくれって頼んだんだ。それなのに、あたしは我が身かわいさで突き放したんだよ」

頭の中でかつての光景がよみがえっているのだろう。お蔦が目を赤くして余一を睨む。それでも、余一は怯まなかった。

「それから何年経ちやした。十年、それとも二十年ですかい」

「確かに十五年も前のことさ。だけど、あたしは最後に見たあの子の顔を今でもはっきり思い出せる。強い恨みはいつまで経っても消えるものじゃない」

「だが、そういう師匠だって水木流の家元に破門されたんでしょう。今でも家元のことを恨んでいやすか」

不意に矛先を変えられて、お蔦は束の間息を呑む。

本来なら踊りで身を立てることだってはばかられるんだけど——さっきの口ぶりからすれば、お蔦は家元を恨んではいないはずだ。ならば、お竹だって同じことだと余一は言いたいらしい。

しかし、お蔦は頑なだった。顔をこわばらせて余一から目をそらす。

「……お竹はあたしなんかよりはるかに踊りの才があった。それがわかっていながら、一人前になる前に踊りから遠ざけたんだ。せめて、他の師匠に口を利いてやればよかったのに」

　いくら本人に才があっても、安い束脩しか払えない娘に教える師匠はいないだろう。六助は腹の中で思ったが、あえて口には出さなかった。踊りにすべてを捧げたお蔦は、お竹の才を潰(つぶ)したことをずっと気に病んでいたらしい。

「やして、取り乱したことを恥じるようにお蔦は息を吐いて顔を上げた。

「もうじき、午後の稽古が始まる。支度をしなくちゃならないから、もう帰っておくれでないか」

　女に帰れと言われれば、それ以上は粘れない。そして白壁町に戻る途中、余一と六助は綾太郎と出くわした。

「おや、誰かと思えば余一じゃないか。あいかわらず辛気臭い顔だねぇ」

　いつもなら顔をしかめる若旦那の登場に、余一は切れ長の目を細める。

「ちょうどよかった。実はお願いがありやして」

　そのお願いの中身を聞いて、綾太郎のほうが顔をしかめた。

五

——北の定廻り同心、原口庄助様の御新造さんにお会いしてぇ。大隅屋の若旦那なら、町方役人にも顔が利きやしょう。

さらに余一は土手の古着屋が須田町の矢五郎に因縁をつけられて困っていること、それが井筒屋の指図によるものだと綾太郎に告げた。

——土手の古着屋がなくなったら、貧乏人は裸で暮らさなきゃならねぇ。そんなことになったら大事(おおごと)だし、若旦那だって新参の上方商人に勝手をされちゃ業腹でしょう。ぜひ力を貸してもらえやせんか。

最初は迷惑顔を隠さなかった綾太郎も商売敵の名を聞いて俄然その気になったらしい。すぐに「どうにかする」と請け合ってくれた。

綾太郎と別れてから、六助は念を押さずにいられなかった。

「なぁ、余一。本当にお竹って女に会うのかよ」

「ああ」

「師匠じゃねぇが、俺もお竹って女には関わらねぇほうがいいと思うぜ」

本当はお竹ではなく井筒屋に関わるなと言いたいが、今のところそれはできない。余一の顔をうかがえば、意外そうな目を向けられた。

「とっつぁんは大事な商売ものを取り返したくねぇのか」

「そりゃ取り返せるなら、取り返してぇさ。けど、取り返すための手間がかかりすぎるじゃねぇか」

「手間はかければかけるほど、いいものができる。おれは親方にそう言われたぜ」

手間暇を惜しまない職人から耳の痛いことを言われ、六助は返す言葉に困った。

そして二月十一日、余一と六助は両国の料理屋でお竹と会うことになった。

「言っとくけど、これは貸しだからね。借りを返した訳じゃないから、いずれ倍にして返してもらうよ」

料理屋の二階で待っていた綾太郎はくどいほど余一に繰り返す。六助が「若旦那も会うんですかい」と尋ねたら、相手は「当たり前だろう」と鼻の穴をふくらました。

「あたしの名でお呼びしたのに、あたしがいなかったらおかしいじゃないか。原口の旦那は御新造さんをたいそう大事になすっているそうだから、うっかり目を離して間違いでもあったら大変だ」

「へえ」

「相手は微禄とはいえ、公儀の役人なんだからね。あたしがうまく話をするから、勝手に口を利くんじゃないよ」

「へえ」

「ちょっと、そっちは上座だよ。おまけに胡坐なんかかいてどうすんだい。ちゃんと正座をしないと駄目じゃないか」

「……へえ」

そんなことを言っている間に、「お客様がお越しです」と仲居の声がした。

「原口庄助の妻でございます。今日はお招きいただきまして」

襖を開けて現れたのは、いかにも武家の御新造らしい楚々とした見た目の女だった。美しい裾捌きで音もなく上座に正座をする。

この身のこなしなら、元は貧しい大工の娘と誰も思わないだろう。六助が感心していると、綾太郎が声を上げた。

「ようこそお越しくださいました。手前は呉服太物問屋大隅屋の跡継ぎで綾太郎と申します。こちらにおりますのは、きものの始末屋の余一と柳原の古着屋で六助と申す者でございます」

綾太郎の口上に余一と六助も頭を下げる。お竹は目礼して綾太郎に目を戻す。

「夫も私も大隅屋さんとは特にお付き合いがございません。このたびはどのような御用でございましょう」

会うなり用件を問い質され、綾太郎はたじろいだようだ。本当なら何か料理をつまみ、場が和んだところで切り出すつもりだったのだろう。しかし、張り詰めたお竹の表情を見て、すぐに本題を口にした。

「実は、原口様の手先を務めている須田町の矢五郎という方が柳原の古着屋に嫌がらせをしております。ぜひ、御新造様からその件について旦那様にお伝えいただきたいと思いまして」

「若旦那のおっしゃることが本当ならば、ゆゆしきことだと思います。ですが、女の私が夫の御役目に口を出すのは僭越至極というもの。お力になることができず、誠に申し訳ございません」

どうやら間に立った人に義理を立て、断るためだけに来たらしい。表情を変えずに言い切ると、お竹は立ち上がろうとする。綾太郎は慌てて引き止めた。

「お待ちください。このまま矢五郎の嫌がらせが続いたら、貧しい土手の古着屋は商売が立ち行かなくなります」

「お気持ちはわかりますが、私にも同心の妻としての立場がございます。それでは御免くださいませ」

「さすがに小網町のお蔦師匠のお弟子さんだ。まるきり人の話を聞きやしねぇ」

突然余一が発した言葉にお竹が動きを止める。それから驚いた顔をして、余一のほうに目を向けた。

「余一さんとおっしゃったかしら。あなたはお師匠さんをご存じなの」

「へぇ。今日はそのお蔦師匠のことで御新造さんにお願いがあってまいりました。ぜひ一度、師匠に会ってやっちゃくれませんか。あの頑固もんは未だに御新造さんがてめぇのことを恨んでいると思い込んでいるんでさ」

いきなり話の風向きが変わり、お竹ばかりか綾太郎も面食らったらしい。眉間にしわを寄せて六助の袖を引っ張った。

「ちょっと、話が違うじゃないか。小網町の師匠って何なんだい」

「若旦那はちょいと黙っていてくだせぇ」

低い声でぼそりと言えば、綾太郎が口を尖らせる。

一方、お竹は困ったような顔をした。

「あれから十五年も経つというのに……お師匠さんの中で、私はいつまで経っても十五の小娘のままなのね」

「御新造さんは自分より踊りの才があった。その才を潰してしまったと、お蔦師匠は思っているんでさ」

その言葉がよほど意外だったのか、お竹は大きく目を瞠る。それから口を押さえて笑い出した。

「水木蔦歌がそんなことを言っていたと義母が知ったら、さぞ驚くことでしょう」

「お姑さんもお蔦師匠の昔を知っているんですかい」

「ええ、私は義母からお師匠さんのことをいろいろ教えてもらいました。もし私が水木蔦歌の弟子でなかったら、今頃は原口の家から追い出されていたかもしれません。恨んでなんかいるものですか」

そして、お竹は十五年の間にあったことを語り出した。

「私の父は大工でしたが大酒飲みで、すぐに仕事を怠けては酒を飲みに行ってしまうような人でした。たとえお師匠さんに縁を切られなくても、遠からず踊っている暇はなくなっていたと思います」

踊りを止めたお竹は水茶屋で働き始め、十八のときに見習い同心だった原口に見初められた。原口の母は反対したが、父は息子の思いを汲んでくれた。そこまで惚れているならと言葉を尽くして妻を説き伏せ、お竹を知り合いの養女にして嫁に迎えてくれたのだという。

「町方役人なんて三十俵二人扶持、それでも、飲んだくれの大工の娘とは釣り合いが取れません。今になれば、反対した義母の気持ちもよくわかります」

嫁いで半年後にやさしかった舅が急死すると、姑による嫁いびりが始まった。夫は朝と夜しか組屋敷におらず、昼間は姑と二人きりだ。嫁いで一年経った頃には、今日首をくろうか、明日身を投げようかと思っていたという。

それがひょんなことから、お竹が踊りを習っていたこと、その師匠の名がお蔦だったことを告げたところ、

——おまえが踊りを習ったのは、もしや水木蔦歌なの。

そう尋ねる母の目つきはすっかり変わっていたそうだ。

「義母は水木蔦歌のことをよく存じておりました。素晴らしい踊り手でありながら、周囲に妬まれ、水木流から破門されたことまで。私は義母に聞くまでお師匠さんの昔を何も知りませんでした」

お竹は姑に聞かれるがまま、自分もまた周囲に妬まれ、踊りを続けられなくなったことを語ったそうだ。以来、義母のもの言いは柔らかくなり、理不尽な小言は減っていった。それからしばらくして、お竹は姑に昔話を聞かされたという。

「義母も私やお師匠さんと似たような思いをしたことがあったんです」

姑は町方同心の娘で、若い頃は八丁堀でも評判の美人だった。行儀作法や習い事も人並み以上によくできて、中でも生け花はたいそうな腕前だったらしい。

「ある日、お花のお師匠さんのところに身分の高い御旗本の御用人がいらっしゃることになりました。床の間に飾る花を頼まれて、義母は精一杯生けたそうです。お客様の目に留まれば、出世の糸口を掴めるという下心もあったのでしょう。目論見通り、その方は義母の生けた花をほめ、『これは誰が生けたのか』とお師匠さんに尋ねたそうです」

廊下で立ち聞きしていた姑は天にも昇る気持ちだったらしい。大身旗本の屋敷で行儀見習いができれば箔がつく。うまくいけば玉の輿にも乗れると思ったのだろう。

しかし、師匠が口にしたのは義母の名ではなかった。はるかに腕の劣る裕福な商家の娘の名を告げ、「ぜひ御屋敷に」と勧めたという。その娘は奉公に出て、狙い通りに良縁を得たのだとか。

「若い娘はとんと世間を知りません。習い事のうまい下手で己の値打ちが決まると本気で思っております。身分の低さや貧しさはそんなことでは補えないのに」

その後、姑は不本意ながら実家と同じ町方同心の家に嫁いだ。

玉の輿に乗った娘より自分のほうがはるかにすぐれている。それなのに、どうして同心の妻なのか——そんな思いを長年募らせていたようだ。

「だからこそ、義母は私が気に入らなかったのでしょう。たとえ三十俵二人扶持でも、私は身分違いの相手と添ったのですから」

突然の夫の死も嫁への苛立ちにつながった。舅がお竹にやさしかったことを根に持っていたのかもしれない。

「ですが、私が水木蔦歌の教えを受け、あまつさえ理不尽な縁の切られ方をしたと知って、昔味わったくやしさを思い出してくれたのです。そして、自分もまた私に理不尽な真似をしていると気付き、改心してくれました。おかげで、今は並みの嫁姑より仲良くいたしております」

「何とまあ」

六助が気の抜けたような声を出せば、お竹が笑った。

「人は己の足を踏まれたら踏んだ相手を恨むけれど、己が他人の足を踏んでも案外気付かぬものだと義母が申しておりました。まさかお師匠さんが十五年後の今も気に病んでいたなんて……私のほうこそわずかな束脩も満足に払えず、迷惑をかけたと思っておりましたのに」

どうやらお竹は心からそう思っているらしい。六助はほっとしながらも、幾分強い調子で言った。

「だったら、一度くれぇ顔を出してやればよかったじゃねぇですか。そうすりゃ師匠だってぐずぐず思い悩んでいるこたぁなかったんだ」

「ですが、私はお師匠さんに縁を切られた身でございます。こちらから押しかけるのははばかられて」

そのとき、余一が口を挟んだ。

「御新造さんは雪持ち柳というきものの柄を知ってやすか」

「ええ、柳の枝に雪が積もったものでしょう。春を待つおめでたい柄だとか」

「そうです。風に揺れ、雪の重みに耐えながら、いつか来る春をじっと待つ。柳は丈夫で折れねぇが、己の力で雪を振り払うことはできねぇんでさ。御新造さんが会ってくれりゃ、師匠の心に積もった後悔っていう名の雪もすぐにとけると思いやす」

言われて納得したのか、お竹はうなずく。それを見て余一は続けた。

「そのついでに、もうひとつの雪持ち柳も何とかしていただけるとありがてぇんですが」

「何でしょう」

「実は、このとっつぁんがお蔦師匠に売るはずだった似紫の地に雪持ち柳の柄のきものを矢五郎親分が持って行っちまいやして。ぜひ取り返してやって欲しいんでさ」

「それはつまり、大隅屋の若旦那の頼みと一緒ということかしら」

たちまち尖ったお竹の気配に綾太郎が何か言おうとする。六助が慌てて口をふさぐと、余一は「とんでもねぇ」とかぶりを振った。

「おれは御新造さんのことを思って言っているんでさ」

「私の？」

「へえ。お蔦師匠に十五年ぶりに会うとなったら、手ぶらって訳にはいかねぇでしょう。雪持ち柳のきものを持っていけば、師匠が喜ぶこと請け合いですぜ」

お蔦がお竹に遠慮して諦めようとしたことには触れず、余一は平然と言ってのける。

それを聞いてお竹は考え込み、綾太郎が眉を上げた。

「矢五郎に巻き上げられた古着は他にもたくさんあるんだろう。自分が始末したきものさえ取り戻せれば、それでいいっていうのかい」

「おれは取り戻そうなんて思ってやしねぇ。雪持ち柳のきものはお蔦師匠の手に渡るんだから」

「まったく口の減らない男だねっ。誰のおかげで御新造様と口が利けたと思ってんのさ」

「そりゃ、御新造さんのおかげでしょう」

「何だって」

　どこまでも余一にかわされて、綾太郎の声が大きくなる。大人気ないやり取りにお竹がとうとう笑い出した。

「大隅屋の若旦那と余一さんでは立場がかけ離れているでしょうに、ずいぶん仲がいいんですね」

「こんなへそ曲がりと仲がいいなんて冗談じゃありません。お互いきものを扱っていて、いないと困るというだけです」

　勢いよく答えた綾太郎にお竹は首をかしげた。

「きものを扱うと言っても、ずいぶんお値段が違うでしょう」

「値段は違っても、きものはきものでさぁ」

　余一の言葉に綾太郎がうなずく。お竹は驚いたように目を瞠り、ややして余一に念を押した。

「矢五郎親分が持って行ったという雪持ち柳のきものですが、そのきものは盗品ではないんですね」

「へえ。火事にあった質屋の蔵から煤にまみれて出てきたもんです。そいつをおれが始末しやした」

きっぱりと言い切れば、お竹は腹を決めたらしい。余一の目を見て顎を引く。

「私も昔は土手の古着を着ておりました。擦り切れていようと、色が褪せていようと、きものはきものです。土手の古着屋が江戸からなくなっては困ります」

貧しかった昔を恥じることなくお竹は言う。六助は思わず手を打った。

「お蔦師匠が柳なら、御新造さんはやっぱり竹だね。誰よりまっすぐで、芯が強ぇや」

「私は同心の妻として正しいと思ったことを口にしただけです。持ち上げてくださらなくてけっこうですよ」

世辞を言われたと思ったのだろう。お竹は苦笑して立ち上がる。それを見て綾太郎が腰を浮かせた。

「これから料理が参ります。どうか箸を付けてお帰りください」

「いえ、善は急げと申しますから」

お竹が滑るように座敷から出て行くと、綾太郎も後を追う。ほどなくしてやって来たのは、料理屋の仲居だった。

「これを食べたら帰ってくれと、大隅屋の若旦那から伝言です。ああ、お代はもう頂いていますから、安心してください」

そう言って差し出された膳には お茶と握り飯が載っていた。

まさかちゃんとした料理屋でこんなものを出されるなんて。料理を楽しみにしていた六助は腹立ちまぎれに握り飯にかじりつく。余一はめずらしく笑い声を上げた。

そして、四日後の十五日。

お竹が雪持ち柳のきものを持って六助の見世にやって来た。

「他のきものはどこの見世のものか確かめた上、近いうちに返されるはずです」

六助は差し出されたきものを受け取り、お竹に深々と頭を下げた。

「ありがとうございやす。それで、矢五郎親分は」

「夫に出来心でしたことだ、申し訳ないと頭を下げたようで……本来ならば手札を取り上げるべきなのでしょうが、十手持ちは腕が立ち、周りに顔が利くものでないと務まりませんので」

つまり、矢五郎から十手を取り上げることはできなかったということか。それは承知していたので、「気になさらねぇでくだせぇ」と六助は笑った。

それより意外だったのは、矢五郎が井筒屋をかばい通したことだ。この程度のことで原口から縁を切られる恐れはないと踏んでいたにしても、どうして矢五郎は口を割らなかったのだろう。

考えられる理由は二つにひとつ、井筒屋に恩を売ろうとしたか、それとも井筒屋が恐ろしいのか……。後者でないことを祈りつつ、六助はお竹に雪持ち柳のきものを改めて差し出した。

「御新造さんのおかげで土手の古着屋は救われやした。こいつは差し上げますから、どうぞ師匠に持って行ってやってくだせぇ」

「そういう訳には参りません。ちゃんとお代はお支払いします」

お竹は心底慌てた様子で懐から紙入れを出す。六助は「でしたら」と言葉を続けた。

「雪持ち竹のきものが入りましたら、御新造さんにお知らせしやす。そいつを買っておくんなせぇ」

そして、揃いのきものを着てお蔦と一緒に出かけて欲しい——六助はそう言ってから、上目遣いに相手を見た。

「それとも、定廻りの御新造さんは土手の古着なんて着られねぇですかい」

お竹は六助を見返して、すぐに「いいえ」と微笑んだ。

絹の毒

一

「お糸ねえちゃん、はいこれ」

二月十五日の八ツ（午後二時）過ぎ、だるまやに来た達平（たっぺい）は、お糸の目の前に数枚の紙を差し出した。

「何よ、これ」

「何って、井筒屋の引き札だよ。ねえちゃんがこれを持っていけば、赤いしごきをもらえるからさ」

遠慮するなと胸を張られ、お糸はかすかに眉（まゆ）をひそめる。改めて達平の手を見れば、引き札はちゃんと五枚あった。これを井筒屋に持って行けば、色はともかく絹のしごきはもらえるはずだ。

この引き札が配られてからひと月余り、最初のうちは江戸中の娘が手に入れようと躍起になった。そのせいか、達平が持ってきたものもずいぶんしわが寄っている。お糸を喜ばせたい一心で、湯屋の焚き付け拾いの合間に苦労して集めてくれたのだろう。

その気持ちをありがたいと思いながら、お糸は受け取ることをためらった。

――お糸ちゃんなら赤いしごき間違いなしだ。

――もらったら、ぜひとも締めて見せてくれよ。

――俺たちの自慢の種にならぁ。

引き札を持参した娘の器量で井筒屋はしごきの色を変える――そんな噂が立ってから、頼んでもいないのになぜか引き札が寄ってくる。しかし、お糸は一度として受け取らなかった。

無論、人並みに着飾ってみたい気持ちはあるし、絹のしごきが欲しくないと言ったら嘘になる。真新しい絹の小物はお糸に馴染みのないものだ。髷に巻いている手絡さえ、余一にもらった縮緬の端切れで自ら縫っているくらいである。

だから、幼馴染みのおみつから紬の反物を手渡され、「余一さんのために仕立ててちょうだい」と頼まれたときは困ってしまった。紬と木綿はちょっと見こそ似ているけれど、手触りのなめらかさや光沢、何より値段がまるで違う。おまけに、裏にも蝙蝠柄の絹を使えと言うのである。

きもの始末の職人が真新しいきものを喜ぶかしら。お糸は束(つか)の間悩んだものの、余一のものを他人に縫わせたくない一心で引き受けることにした。

とはいえ、余一は誰よりもきものに詳しい上に、お糸の裁縫の師匠である。高価な紬を断つときは手が震え、針を持てば不揃(ふぞろ)いな縫い目が気にかかる。縫っては解(ほど)いてを繰り返すうち、「しごきによる美人番付」の噂が聞こえてきた。

お糸は自分の器量が劣っているとは思わないが、人の言葉を鵜呑(うの)みにして天狗(てんぐ)になるほど愚かでもない。赤いしごきをもらったところで見せびらかすつもりはないし、他の色のしごきだったら、とんだ恥をさらしてしまう。

しかし、せっかくの好意を断れば、達平はがっかりするだろう。お糸はしばし迷った末に、にっこり笑って受け取った。

「達平ちゃん、ありがとう。今度、井筒屋に行ってもらってくるわね」

すると、店の中に残っていた三人の客が歓声を上げた。

「坊主、よくやった」

「これでお糸ちゃんの赤い絹のしごき姿が拝めるぜ」

「憎たらしいとものの鼻も明かしてやれるっ」

派手に喜ぶさまを見て、お糸はたちまち目を眇(すが)める。

日雇い人足の留蔵と杉松、それに唐辛子売りの忠治はだるまやの常連だが、いつもはこんな時刻まで残っていない。しかも、三人が三人とも井筒屋の引き札をくれようとしたことがある。ときどき店に立ち寄る子供の顔も知っているはずだった。

「今日に限って腰が重いと思ったら……この引き札を達平ちゃんに渡したのはあんたたちなのっ」

腰に手を当てて座っている客を見下ろせば、三人はそれぞれ目をそらす。続いて達平に目を戻せば、子供はばつが悪そうに「えへへ」と鼻をこすった。

「達平ちゃん、正直に言ってちょうだい。この引き札はここにいる三人からあたしに渡せって言われたんでしょ」

「それは、その」

「言わないと、この場で破って捨てるわよ」

引き札を持つ手に力を込めれば、「そんな、もったいねぇ」と達平が悲鳴じみた声を上げた。

「そ、そうだよ。その三人に頼まれたんだ。お糸ねえちゃんは素直に受け取ってくれないから、おいらから渡してくれって。でも、だからって駄賃とかもらってねぇよ。おいらはお糸ねえちゃんのためを思って引き受けたんだ」

忙(せわ)しなく両手を動かしながら、唾(つば)を飛ばして言い訳する。そばで見ていた父の清八が呆(あき)れたようにまばたきした。

「おめぇら、そんなに赤いしごきをお糸に締めさせたかったのか」

「だって、お糸ちゃんなら間違いなくもらえるのによ」

「噂じゃ、赤いしごきを大金で買い取る金持ち娘もいるっていうし」

「もらえるとわかっているもんをもらわない手はねぇと思って」

三人もまた口々に「お糸のためを思ってやった」と訴える。子供はともかく、自分より年上の男に手加減してやる義理はない。お糸はふんと鼻を鳴らした。

「とか言って、本音はともって人の鼻を明かしてやりたいだけなんでしょ」

自分が赤いしごきをもらうと、なぜその男を見返すことになるのだろうか。詳しい事情はわからぬまま、お糸はぴしゃりと決めつける。すると、父が「そういやぁ」と思い出したように呟(つぶや)いた。

「飾り職人の伴吉(ともきち)の許嫁(いいなずけ)がたいそう器量よしで、井筒屋から赤いしごきをもらったと聞いたっけ。さてはおめぇたち、あいつをやっかみやがったな」

「あら、ともって伴吉さんのことだったの。お店に来ないと思っていたら、そんなことになっていたのね」

父に言われて、お糸はようやく猫背ぎみの職人を思い出す。

伴吉もこの三人も二十五を超えているはずだ。他人のことは言えないけれど、いつ身を固めても不思議はない。伴吉が顔を見せなくなったのは、飯の支度をしてくれる娘ができたからのようだ。

「先を越されてくやしがるのはわかるけど、それとあたしとどういう関わりがあるっていうの」

お糸が眉を寄せて聞けば、三人は「大ありだ」と口を揃えた。

「伴の野郎、お鉄ちゃんといい仲になってからは一度もだるまやに来ちゃいねぇんだぜ。だるまやの飯よりお鉄ちゃんの弁当のほうがうまいだなんて言いやがって」

「しかも、赤いしごきをもらったから、お鉄ちゃんはお糸ちゃんより器量よしだなんてぬかしたんだ」

「あの思い上がった天狗の鼻を叩き折ってやらないと俺たちの気がすまねぇ。そのためには、お糸ちゃんにも赤いしごきを手に入れてもらわねぇと」

大真面目に言い張る三人を見て、お糸はげんなりしてしまう。

こっちの預かり知らぬところで勝手に引き合いに出さないで――大声でそう言いたかったが、今さら言っても手遅れだ。

「男の妬(ねた)みはみっともないわよ。そんなにくやしいなら、留さんも杉さんも忠さんもきれいなお嫁さんを捕まえればいいじゃない」

「そんなんじゃねぇって」

「そうだよ、伴吉がお糸ちゃんを虚仮(こけ)にするから」

「お鉄ちゃんよりお糸ちゃんのほうがべっぴんなのによ」

「そうだ、そうだ。お糸ねえちゃんのほうがべっぴんに決まってる。ここは一番、赤いしごきをもらって見返してやれよ」

お鉄の顔を知らないはずの達平まで留蔵たちの尻馬(しりうま)に乗る。父はにやにや笑いながら成り行きを見守っているだけだ。お糸は大きなため息をついた。

三人の気持ちはありがた迷惑の極みだけれど、伴吉に虚仮にされた（と三人は思っている）自分をかばってくれたようだし、達平もお糸を思ってしたことである。

これ以上つんけんするのは、さすがにかわいそうだろう。お糸はもう一度これ見よがしにため息をついた。

「そこまで言うなら、この引き札を持って井筒屋に行ってくるわ。ただし、赤いしごきをもらえなくても文句は言わないでよ」

すると、三人の客と達平は手を取り合って喜んだ。

「そんな心配はしなくていいって。お糸ちゃんに赤いしごきを渡さねぇで、いったい誰に渡すってんだ」

「そうだ、とびきり赤いのを寄越すに決まってらぁ」

「もらってきたら、必ず締めて見せてくれよ」

「そうと決まりゃあ、今から井筒屋に行ってきなって」

言うが早いが、達平はお糸を店の外に押しやろうとする。お糸が焦って振り返れば、父まで「行ってこい」と手を振った。

「今から行けば、夕方までに戻って来られるだろう」

満更でもない顔でうなずかれ、お糸は仕方なく店を出た。

これで赤いしごきをもらえなかったら、留さんたちが井筒屋に押しかけかねないわ。そんなことになったら、どうしよう……。

両国へ向かう道すがら、お糸の足はどんどん重くなっていく。だが、期待に満ちた四つの顔を思い出して交互に足を前に出した。

去年の十一月、お糸は普請中の井筒屋で大男に襲われた。余一が助けてくれたおかげで大事には至らなかったけれど、代わりに余一が怪我（けが）をした。運よくかすり傷ですんだとはいえ、あのときの恐ろしさは生々しく残っている。

幼馴染みのおみつによれば、お糸を襲った連中は桐屋を脅していたらしい。京の老舗の呉服屋が同業でもない江戸の商家に脅しをかけるとは思えない。普請中で人気のないのをいいことに、悪党が入り込んだのだろう。父だってそう思っているから、お糸を送り出したのだ。

しかし、母の初恋の人で悪党の一味だった林田修三は京の呉服屋の番頭を名乗っていたし、自分たちを襲った男を止めたのは、その仲間らしき上方なまりの女だった。それらを考え合わせると、何となく気が進まない。お糸が引き札集めに励まなかったのは、そういう事情もあったのだ。

その引き札によれば、井筒屋は足利の御代から続いているとか。徳川様の御代だって気が遠くなるくらい長いのに、そのはるか昔からある立派な店が汚い真似をするだろうか。お糸は己に言い聞かせたのち、我が身の姿を思い出した。

由緒正しい呉服屋にこんな恰好で行ってもいいのかしら。我知らずその場に立ち止まり、さんざん着古したきものを見下ろす。

紺の猫足絣は色が褪せ、赤と黒の縞の帯は端が擦り切れてしまっている。その下は絹のしごきではなく、木綿の赤い腰ひもできものの裾を上げている。この腰ひもは時に応じて、たすきとしても使っていた。

今となっては、しごきをもらいに行く娘もぐっと少なくなっただろう。となると、客は金持ちばかりで、さぞかし場違いに決まっている。お糸は一瞬怖気（おじけ）づいたが、「だから何だ」と気を取り直す。

タダでしごきをもらうだけでもお客には違いない。罪を犯している訳でなし、貧乏の何が悪いのよ。ひとり気合を入れたとき、通りを行き交う人々の恰好が前とは違うことに気が付いた。

少し前まで桃色、桜色、東雲色（しののめいろ）といった春らしい色のしごきを締めた娘が大勢歩いていたのに、今日はひとりも見かけない。みな地味な色のしごきを締めて、うつむきがちに歩いている。

花を思わせる彩（いろどり）のしごきは周りの目を楽しませ、一足早い春の訪れを感じさせてくれていた。これではまるで娘たちだけ冬に逆戻りしたようだ。

絹のしごきを配っても、使われなければ意味がない。井筒屋はどうして美人番付なんてしたのかしら。

お糸は内心歯ぎしりしながら、目当ての店の前で立ち止まった。

二

両国は江戸でも指折りの盛り場である。その中でも、普請したばかりの新しい店はひときわ目立つ。お糸が唾を呑み込んでおっかなびっくり暖簾(のれん)をくぐれば、手代(てだい)がすぐに飛んで来た。

「ようこそお越しやす。しごきどすか」

こちらの恰好をひと目見て用件がわかったのだろう。開口一番切り出され、お糸は慌てて顎を引く。

「はい、あの、引き札が配られてからずいぶん時が経(た)っていますが……まだ、いただけるんでしょうか」

懐からしわの寄った五枚の引き札を取り出せば、手代はお糸の顔を遠慮なく眺め、うれしそうに微笑(ほほえ)んだ。

「へえ、もちろんでございます。奥でしごきを差し上げますんで、お上がりなっておくれやす」

「は、はい」

そう返事はしたものの、お糸は立派な呉服屋に上がったことがない。新しい畳は青々として、掃除も行き届いている。

足を拭かずにこの上を歩いたりしていいのかしら。ためらいがちに周りを見れば、立派な身なりの娘たちがそこかしこで反物を広げている。その足がすべて白足袋で覆われているのに気付き、お糸は踏み出しかけた裸足の足を引っ込めた。

二月も半ばになったとはいえ、まだ足元から冷える時期だ。お金持ちなら足袋を履いていて当たり前だし、井筒屋の奉公人だってみな足袋を履いている。

「お客さん、どないしはりました」

引き札を受け取った手代が不思議そうに振り返る。

こんな恰好の自分が店先でうろうろしていたら、かえって迷惑になるだろう。お糸は爪先立ちになって手代の後について行った。

「どうぞ、こちらへ」

通された奥の座敷には、たくさんの小袖や振袖が衣桁にかけてあった。その華やかな光景にお糸は目を奪われる。

余一の始末した高価なきものに触れたことはあるけれど、ここにあるのはどれも新しい売り物だ。そう思うと落ち着かなくなってしまう。

「お名前をうかごうてもよろしゅおすか」

「はい、糸と言います」

「では、お糸さん。こちらに住まいと名前、それと生まれ年を書いてくんなはれ。無筆やと言わはるなら、手前が書かせてもらいます」

手代に促され、お糸は衣桁のすぐそばに鏡台と文机が置いてあることに気が付いた。しかも、鏡台の前には紅白粉が、文机の上には墨の磨られた硯が出しっぱなしになっている。

余一さんなら絶対にこんな不用心なことはしない。お糸は眉をひそめて咎めるような声を出した。

「書くのは構いませんけれど、高価なもののそばに墨や紅白粉を置いておくのはまずいと思います。何かのはずみできものが落ちて裾に墨や紅がついたら、取り返しがつかないと思いますけど」

「お糸さんの言わはる通りや。気の利かぬことであいすみまへん」

手代はすぐに文机と鏡台を衣桁から遠ざける。お糸は相手の返事にほっとしながら筆を取り、言われた通りに名や住まいを書き記す。そして、墨が乾いたところで手代に差し出した。

「なかなかきれいな筆跡をしてはりますな。ええと、年は今年十九で、お住まいは神田岩本町……親御さんは」

「母は亡くなりましたけど、父は達者です」

「お仕事は何を」

「一膳飯屋をやっています」

「なるほど、お糸さんはそこの看板娘という訳や。こないにきれいな娘さんがいたら、客が仰山押し寄せますやろ。親孝行なことどすなぁ」

「いえ、そんなことは」

「謙遜なさらんでもよろしいやおへんか。手前かてお糸さんのいる店なら、毎日通いたいくらいどす」

「……ありがとうございます」

相手の問いに答えながら、お糸は眉間を狭くする。

しごきをもらうだけなのに、どうしてこんなことまで聞かれるのかしら。そこへ手代が駄目押しをした。

「お糸さんみたいなべっぴんなら、ええ縁談もいろいろあらはったんやおへんか。その年で独りやなんて、何ぞ訳でも」

「あなたには関わりないでしょうっ」

ぶしつけにもほどがあるとお糸は柳眉(りゅうび)を逆立てる。憤然と腰を浮かせたら、手代が慌てて頭を下げた。

「気を悪くせんといておくれやす。近頃は赤いしごき欲しさに同じお人が身なりを変えて繰り返し来はるもんやから」

身の上を偽っていないかを確かめるため、根ほり葉ほり立ち入ったことを聞くのだと言い訳する。勝手な言い草にお糸は呆れた。

「それは井筒屋さんが美人番付なんてするからでしょう。どうせならすべて同じ色にするか、好きな色のしごきを選ばせてくれればよかったのに」

もらう側の台詞(せりふ)にしてはえらそうかもしれないが、お糸は言わずにいられなかった。井筒屋のせいで傷ついた娘や、元から持っているしごきを締められなくなった娘が江戸には大勢いるのである。

すると、手代は目を見開き、「それは言いがかりどす」とむきになった。

「手前どもは美人番付なんぞしているつもりはあらしまへん。娘さん方の顔立ちを見て、しごきの色を選んだだけで」

「だから、器量の良し悪しでしごきの色を分けたんでしょう」

「いいえ、似合うと思う色を差し上げているだけどす」

言われた意味を摑みかね、お糸は目をしばたたく。

器量の良し悪しではなく似合う色とはどういうことか。とまどっているお糸を見て、手代が肩を落とした。

「世間では赤いしごきはとびきりの器量よしに、色が薄いものを器量の劣る方に差し上げていると思てはるようやけど、それはちゃいます。目鼻立ちのはっきりしたお人には韓紅のしごきを、そうではない方には柔らかい色を差し上げているだけどす」

それは、つまり器量よしに赤いしごきということではないか。お糸が再び疑いの目を向けると、「困りましたなぁ」と手代が苦笑した。

「目鼻立ちがはっきりしてはる娘さんやないと、韓紅のような強い色は似合いまへん。けど、好きに選んでいただくと、値が張るというだけで真っ赤なしごきを欲しがるお人がいはります。そやから、こっちで選ばせてもらいましたんや」

「そう、なんですか」

つまり、井筒屋としては娘たちを思ってしたことが裏目に出たと言うことか。誤解していたことがはずかしくなり、お糸は頰を赤らめて座り直す。

「おまけに近頃は差し上げた韓紅のしごきが高値で売り買いされているとか。損を覚悟で差し上げたしごきを金儲けに使われてはたまりまへん。そのせいで、えらい失礼を申してしまいました」

「あたしこそ勘違いをしていたみたいで、本当にすみません」

お糸が頭を下げると、手代は表情を和らげる。そして、衣桁にかけてあった黒い四君子模様の振袖を手に取った。

「お糸さんは色も白いし、目鼻立ちも整ってはる。そないなお人やないと、格の高い振袖は着こなせまへん。ためしに袖を通してみてくんなはれ」

「と、とんでもない。あたしなんかとてもとても」

「心配なさらんでも買うてくれとは申しまへん。きものの上から羽織るだけでも」

「いえ、本当にいいですから」

振袖を手ににじり寄られて、お糸は思わず逃げ腰になる。

去年の春、余一に頼まれて分不相応な東雲色の振袖を身にまとったことがある。その際に、持ち主である御新造さんから「あなたにあげる」と言われたけれど、お糸は頑なに遠慮した。

その振袖は御新造さんの大事なもので、初対面の自分がもらっていい品ではない。そう思って固辞すれば、御新造さんが着られるように余一が始末をすることになった。

それでよかったと思っていても、ときどきその振袖を着たときのことを思い出す。なめらかでひんやりとした絹の手触りと、慣れない長い袖の重さ、そして振袖を着た自分を見る余一の顔……たった半刻（約一時間）足らずのことを今もはっきり覚えている。

この黒い振袖に袖を通せば、猫足絣の綿入れを着るのが嫌になるかもしれない。お糸はにわかに恐ろしくなり、今度こそ本当に立ち上がった。

「やっぱり絹のしごきはいりません。あたしはしがない一膳飯屋の娘で、新しい絹ものを身に着けるような身分じゃないんです」

「そないにさびしいことを言わはらんと」

「いいえ、こちらの店先では白足袋を履いたお嬢さん方が反物を選んでいらっしゃいました。素足のあたしに井筒屋さんの品は似合わないと思います」

浮かんだ言い訳を口にすれば、手代がさもおかしそうに笑い出す。

「とんでもない。手前はお糸さんのようなべっぴんさんにこそ井筒屋のきものを着ていただきとおす」

「えっ」

「贅（ぜい）を凝らしたきものは、それに負けへん器量よしやないと着こなせせんもんどす。お金持ちのお嬢さんがべっぴんさんとは限りまへんやろ」

客商売をしている者が口にしてはまずいことを井筒屋の手代はけろりと言う。お糸が返事に困っていたら、相手は耳元でささやいた。

「器量のいい若い娘は心がけ次第で玉の輿にも乗れますのや。もっとずうずうしくならはったほうがええ」

手代の口にした「玉の輿」の一言で、ようやくお糸の頭が冷える。

目の前の豪華な振袖に魅入られそうになっていたが、自分は玉の輿なんてこれっぽっちも望んでいない。貧しくても、ぼろを着ても、好きな人と暮らしたい。お糸の望みはただそれだけだ。

「せっかくですけど、本当にいいんです。どうもお手数をおかけしました」

手ぶらで帰れば、留蔵や達平たちから文句を言われるだろう。だが、今さら井筒屋のしごきを締めたいとは思わない。頭を下げて部屋から出ようとしたところ、手代に手首を掴まれた。

「何ぞ気に入らんことを申しましたやろか。どうか堪忍しておくれやす」

「別にそういうことじゃないんです。絹のしごきをいただいても、恐らくあたしは使わないので」

「そないなことをおっしゃらんと、持って帰っておくれやす。引き札を持ってきはった娘さんを手ぶらで帰してしもうたら、店の信用に関わります。どうか手前を助けると思て」

果たしていつの間に用意したのか、手代はお糸に真っ赤なしごきを押し付ける。その必死の形相にお糸はびっくりしてしまった。

「お糸さんが店に入ってきはったときから、誰より韓紅のしごきが似合うお人やと思てましたんや」

ここまで言われて断るのも申し訳ない。素直に持って帰れば達平たちも喜ぶだろう。おみつはためらいがちに念を押す。

「あの、本当にいただいていいんでしょうか」

「へえ、もちろんどす」

手の中のしごきを見下ろしてから、お糸は再び手代を見る。力強く顎を引かれ、

「ありがとうございます」と礼を言った。そのまましごきを袂に入れると、手代が不満そうな顔をする。

「その腰ひももずいぶんと年季が入っているようや。ここで締め替えていかはったらよろしいのに」

「いえ、店に戻ればすぐに手伝いをしなくちゃいけませんから。どうもお世話様でした」

さらに引き留められるのを恐れ、お糸は足早に井筒屋を後にした。


「おう、お帰り。しごきはもらえたか」

さすがに留蔵たちは仕事に戻ったらしい。店には夜の支度をしている父しかいなかった。お糸は「ただいま」と言って、袂からしごきを取り出して見せる。

「へえ、これが井筒屋の赤い絹のしごきか。お糸、よかったな。ちゃんと赤いしごきをもらえてよ」

どうやら父も心の底では心配していたらしい。妙に晴れ晴れとした顔をされて、お糸は「そうね」と返事をする。

「何でぇ、やけに浮かない顔をしてるじゃねぇか。まさか、井筒屋でおかしなことがあったのか」

「大丈夫。何もないわ」

「だったら、いいが。おめぇは普請中の井筒屋でひどい目に遭っているからな。行かせちまってから、何だか胸が騒いでよ」

思いがけない言葉にお糸が目を瞠ると、父がぷいと顔をそむけた。

「ま、何もねぇならよかったぜ。早くそのしごきをしまってきな。他の連中に先に見せると、留蔵たちがへそを曲げらぁ」

「そうね、部屋に置いてくるわ」

お糸はそう言って、しごきを手に二階に上がる。行李の中にしまおうとして、ふと思いついて母の形見の小袖を引っ張り出した。その上に韓紅のしごきを載せて、お糸は知らずため息をつく。

撫子色の地に宝尽くしの小袖は、母が父と一緒になったときに誂えたものだ。四年前に余一が始末をして新品同然になったと思っていたが、真新しい絹と比べれば光沢の違いは明らかである。

また余一さんに始末してもらったら、もっときれいになるかしら。それとも、元々の絹が違うのかも。このしごきは京の老舗のものだもの。

井筒屋の手代に見せられた黒の四君子柄の振袖――あれにこのしごきを締めたら、さぞかし映えるだろう。そんな思いが頭をよぎり、お糸はそう思う自分に驚いた。

あたしってば何を考えているのかしら。一膳飯屋の娘に振袖なんて分不相応なのに。

冷たいものが背筋を走り、お糸は二三度かぶりを振る。

「おい、なにをもたもたしてやがる。早く降りてきて手伝いな」

「ええ、今すぐ」

父の声で我に返り、お糸は大声で返事をする。小袖としごきを行李にしまい、ばたばたと階下へ降りていった。

三

「畜生っ。俺はもう二度と女なんか信じねぇ」

「伴吉、落ち着けよ。おめぇはちょっと飲み過ぎだぜ」

「うるせぇ。今飲まなくていつ飲むってんだ。留さんや杉さんだって、こういうときは飲んで忘れろって言ったじゃねぇか」

「そりゃ、そう言ったが」

「酒、酒がねぇぞっ。おかわりを早く持って来い」

酔っ払った伴吉が辺り構わず大声を出す。初めて見る乱れた姿に、お糸は呆気(あっけ)にとられてしまった。

「忠さん、これはどういうこと」

伴吉を両側からなだめている留蔵と杉松には近寄れず、唐辛子売りの忠治に小さい声で事情を聞く。

　三日前の十六日の昼下がり、お糸は約束だからと赤いしごきを締めて見せた。すると、達平は「似合う、似合う」と歓声を上げ、留蔵たち三人は「伴吉をだるまやに連れてくる」と息巻いた。

「お糸ちゃんのこの姿を見りゃ、野郎の目も覚めるだろうぜ」

「ああ、お鉄ちゃんのほうがべっぴんだなんて二度と言わせやしねぇ」

「首に縄をつけてでも引っ張ってくるからな」

　その剣幕に慌てたのはお糸である。引き札をくれた三人と達平以外にこの恰好を見せるつもりはない。そう言うと四人が目を剝いた。

「どうしてだよ。赤いしごきの看板娘がいるとなりゃ、だるまやの名も上がるんだぜ」

「近頃はまがいもんの赤いしごきも多いと聞くが、お糸ちゃんのは正真正銘本物じゃねぇか。どうして見せびらかしてやらねぇんだ」

「もったいねぇにもほどがあらぁ」

「そうだ、そうだ。もったいねぇ」

留蔵たちは口々に言い、「親父さんだってそう思うだろう」と水を向ける。だが、井筒屋から戻ったときの娘の様子に思うところがあったらしい。父は「いいや」と首を左右に振った。

「こいつも十九になっちまった。下手に男にちやほやされて、嫁入りがますます遅くなっても困るってもんさ」

「そんな……お糸ちゃんさえよければ、俺が明日にでも」

身を乗り出した留蔵をすかさず杉松と忠治が抑える。

「馬鹿野郎、留、抜け駆けすんな」

「お糸ちゃんがおめぇなんぞの嫁になるかよ」

「そうだ、そうだ。日雇い人足の嫁だなんて、お糸ねえちゃんがかわいそうだ」

「何だと、この餓鬼っ」

「だったら、唐辛子売りのこの俺が」

「へっ、張りぼて担ぎの分際でずうずうしいにもほどがあらぁ」

「この餓鬼、もういっぺん言ってみろっ」

というくだらないやり取りが長々と続いた末に、「近々伴吉を連れてくるから、そのときだけは赤いしごきを締めてくれ」と頼まれた。お糸もそれは断りきれず、不本意ながら承知したのだ。

　そして二月十九日の晩、久しぶりにやって来た飾り職人は見たことがないくらい荒れていた。

「伴吉さんは真面目な人なのに。留さんたちが飲ませたの」

「いや、そうじゃねぇ。実は」

　忠治が説明しようとしたとき、勢いづいた伴吉が「酒だって言っているだろう」と床几から立ち上がる。そのとき、お糸の腰の赤いしごきに気付いたらしく、にわかに酔眼をつり上げた。

「お鉄、よくも裏切りやがったなっ」

　伴吉が床几を蹴倒しかねない勢いで寄ってこようとしたため、お糸は恐れで立ちすくむ。すかさず、留蔵と杉松が伴吉を押さえた。

「何しやがる。手を離せっ」

「お糸ちゃん、すまねぇ。この酔っ払いを長屋へ放り込んでくる。詳しいことは忠治の野郎に聞いてくれ。忠治、後は頼んだぜ」

「わかった」

　短いやり取りの後、伴吉は屈強な人足二人に引きずられていく。その間、ずっと

「離せ」だの「畜生」だのと大声を出して暴れていた。あの調子では駕籠に乗せることもできないだろう。

「伴吉の奴、いったいどうしたってんだ。べっぴんの許嫁ができて、脂下がっていたんじゃねぇのかよ」

　時刻は五ツ（午後八時）を過ぎており、酒より飯が売りの一膳飯屋には数えるほどしか客がいない。父が渋い顔で腕を組むと、忠治が肩をすくめた。

「その許嫁のお鉄ちゃんが心変わりをしやがったのさ。そんで、伴の野郎はやけを起こしたって訳だ」

「なるほど、道理でな」

　さもあらんとうなずく父の横で、お糸も納得する。留蔵たちの話では、伴吉はお鉄という娘にぞっこん惚れ込んでいたらしい。別れを切り出されれば、酒を飲んで暴れたくもなるだろう。

「でも、お鉄さんが他の人を好きになったって言うんなら仕方がないわ。かわいそうだと思うけれど、諦めるしかないじゃない」

　今し方の殺気立った形相を思い出し、お糸は自分の肩を抱く。

　人の気持ちはままならない。こっちがどれだけ惚れていても、むこうにその気がなかったら一緒になることはできないのだ。

余一を思い続けて四年、お糸にとっても耳の痛い話である。もし「別の娘と一緒になる」と余一さんに告げられたら、あたしだってどうなるか……眉を下げるお糸の前で、唐辛子売りは顎を撫でた。

「伴吉だっていっぱしの男だ。お鉄ちゃんにもっと好きな男ができたって言うんなら、いさぎよく諦めたに違いねぇ。そうじゃねぇから荒れているのさ」

「まさか、親の借金で身を売ることになったとか」

だとしたら、お鉄を恨むのはますます筋違いというものだ。お糸の言葉に忠治は鼻を鳴らした。

「ふん、そんな泣かせる話じゃねぇって。お鉄は金に目がくらみ、父親が止めるのも聞かねぇで妾になるのを承知したんだ」

「何ですって」

「そりゃまた」

耳を疑うお糸の隣で、父も目を丸くする。

聞けば、通りすがりに大身旗本に見初められ、女中奉公の誘いが来たとか。その際に五十両の支度金を差し出され、本人はその場で承知したらしい。

「御屋敷奉公と言やぁ聞こえはいいが、とどのつまりは殿様の寝間に侍るってこったろう。でなきゃ、長屋住まいの町娘に五十両もの支度金を出すはずがねぇ。それからってもの、伴吉はすっかり酒びたりになっちまってさ。へべれけのあいつを連れてきたのは、お糸ちゃんの姿を見ればお鉄なんてたいしたこたぁねぇ、どっかの殿様に熨斗をつけてくれてやらぁと思ってくれると踏んだからよ」

そのとき、聞き耳を立てていた他の客たちが驚きとも感嘆ともつかぬ声を上げた。

「お鉄が金に目がくらむたぁ、嫌な洒落だぜ」

「伴吉の許嫁ってなぁ、そんなに器量よしなのか」

てんでに勝手なことを言われ、忠治は周りをじろりと睨む。それから、お糸に目を戻した。

「お糸ちゃんには嫌な思いをさせちまったな。けど、そういう訳だから、勘弁してやってくれ」

「もちろんよ。それにしても、お鉄さんは本気で御屋敷に上がるつもりかしら」

「だと思う。お鉄は顔立ちこそ整っちゃいるが、今ひとつ目立たない娘でよ。お糸ちゃんみてぇに人目を惹くような感じじゃなかったんだ。ところが赤いしごきをもらってから、すっかり思い上がっちまって。こんなことなら井筒屋の引き札なんて集めるんじゃなかったと、伴の野郎は泣いていたぜ」

　忠治が恨めしそうに言えば、「仕方ねぇって」と他の客が話しかける。

「おめえがお鉄の立場なら、こんなうめえ話を断るか。その殿様が何千石(ごく)だか知らないが、通りすがりに見初めた娘に五十両も出すくらいだ。遠からず飽きられたって、手切れ金は弾んでもらえるだろう」

「そうさ。お鉄の親だって腹の中じゃ喜んでいるかもしれねぇぜ。娘が殿様の子を身(み)籠(ご も)れば、この先一生安泰だもの」

「まったく、持つべき者は器量よしの娘だな。お糸ちゃんだってその気になれば、いくらでもそういう話が転がり込んで来そうじゃねぇか」

　酒の入っている客たちが好き勝手なことを言い出すと、父が「やかましいっ」と怒鳴りつけた。

「他人の娘についてとやかく言うつもりはねぇが、俺はてめぇの娘を妾にする気はこれっぽっちもありゃしねぇ。余計なことを言わねぇでくれ」

「あたしだっていくらお金を積まれても、妾になる気なんてかけらもないわ。考えただけで寒気がするもの」

　父子揃って息巻けば、忠治がこれ見よがしに肩を落とす。

「伴の野郎もさ、お糸ちゃんに惚れたままでいりゃあよかったんだよ」

「だが、そっちもかなわぬ恋だろうが」

間髪を容れずに近くの客が混ぜっ返すと、忠治は器用に片眉をひそめた。

「伴吉はお鉄に振られて荒れてんじゃねぇ。金に目がくらむような女と見抜けなかった自分が情けなくって荒れているのよ」

「忠治、よく言った」

「それでこそ男ってもんだぜ」

手のひらを返した客たちが面白がって囃したてる。その様をお糸は居たたまれない思いで眺めていた。


翌日、お糸はお鉄を訪ねることにした。

相手が大身のお殿様なら、お手つき女中は玉の輿だ。本人がその気になっているなら、見ず知らずの者がとやかく言う筋合いではない。

けれど、忠治によればお鉄は目立たない娘で、井筒屋で赤いしごきをもらってから急に自信をつけたという。通りすがりに目をつけられたのも、赤いしごきを締めていたからだろう。

――器量のいい若い娘は心がけ次第で玉の輿にも乗れますのや。もっとずうしくならはったほうがええ。

きっとお鉄も井筒屋で手代から言われたに違いない。そして、あの衣桁にかけてあった豪華な振袖を身にまとった。その興奮が冷めないうちに奉公の話が来たせいで、目先の欲に捕らわれてしまったのだろう。

もう少し時が経てば、お鉄の頭もきっと冷える。しかし、御屋敷に上がってしまったら、もはや後戻りはできない。思いとどまるなら今のうちだと、お糸はどうしても言いたかった。

忠治に聞いたお鉄の住まいは豊島(としま)町の六軒長屋で、父親は包丁研ぎをしているらしい。近いを幸い四ツ（午前十時）前に訪ねれば、軒下に「包丁、鎌(かま)、鋏(はさみ)、研ぎ〼(ます)」という看板を見つけた。お糸は思い切って腰高障子を開き、「すみません」と声をかける。

「いらっしゃい。ちょいと待ってもらったら、すぐに研ぎやすよ」

客だと思ったのか、火鉢のそばで寝転がっていた四十がらみの男が立ち上がる。お糸は「すみません」ともう一度言った。

「あたしは岩本町の一膳飯屋、だるまやの娘で糸と言います。お鉄さんに伴吉さんのことで話があって」

おずおずと切り出せば、相手の顔がたちまちこわばる。やゃして、「おめえさんは伴吉さんの知り合いかい」と尋ねられた。

「はい、伴吉さんはうちの店のお得意さんだったんです。でも、お鉄さんといい仲になってからはすっかり足が遠のいて……それが昨日、ひどく酔っぱらって店まで来たものですから」

「それで、うちの娘に文句を言いに来たって訳か」

「いいえ、あたしが来たのは伴吉さんのためじゃありません。お鉄さんのためです」

その返事がよほど思いがけなかったのだろう。目を瞠った父親にお糸は続けた。

「あの、実はあたしも井筒屋で赤いしごきをもらったんです。でも、お鉄さんは伴吉さんが好きで、一緒になる気でいたんでしょう。降って湧いた玉の輿に飛びついたら、後悔するんじゃないかと思って……」

頭の中にはいろんな言葉が渦巻いているのに、うまく口から出て来ない。しどろもどろになったものの、お鉄の父は黙って話を聞いてくれた。それから、しわの寄った目尻を下げて「上がってくだせえ」とお糸に言った。

「俺は鉄の父親で、包丁研ぎの嘉六と言いやす。あいつは母親と井筒屋へ出かけたが、じきに戻ってくるはずだ。茶でも飲みながら待っていてもらえやすか」

そして、慣れない手つきでお茶を淹れようとするのを見て、お糸は「あたしがやります」と急須を取った。

「お糸さんと言ったね。その名はおとっつぁんが付けたのかい」

「いいえ、おっかさんが付けたそうです。糸はすべてをつなぐものだから、あたしがいろんな人とつながっていけるようにって」

熱いお茶の入った湯呑を差し出しながら、お糸は正直に答える。嘉六はお茶を一口すすって「いい名前だ」と呟いた。

「おまけに、おまえさんはその名の通りに育っている。おっかさんも思いがかなって喜んでいなさるだろう」

「だといいんですけど」

亡くなったとは言わずにお糸は微笑む。

相手はなぜかうつむいた。

「うちの娘の名は俺が付けた。俺は包丁研ぎだから、鉄に一番馴染みがあるんだ。高価な金や銀よりも鉄は人の役に立つし、研げば研ぐほど切れ味が増す。我ながらいい名を付けたと思っていたが、娘は嫌だったみてぇでな」

嘉六が奉公に反対すると、お鉄は大声で言ったそうだ。

――あたしは安くて、すぐに錆(さ)びる鉄なんか大嫌い。高価な金や銀のほうがよっぽどいいわ。

「女房もすっかりその気になって、ついでに自分のきものも誂えるとぬかしやがる。男親なんてみじめなもんさ」

そう言ってため息をついたとき、腰高障子が勢いよく開いた。

「おとっつぁん、ただいま。目移りして決められなかったから、明日また行くことにしたわ。おっかさんは角の青物屋さんと……あら、お客さんだったのね」

ひと息に言ってから、お鉄はお糸に気付いてはずかしそうに口を押さえる。かすかに頰を染めた顔は器量よしの名にふさわしく、木綿の薄浅葱(あさぎ)色の綿入れの腰には赤い絹のしごきが見えた。

忠治は「目立たない娘だ」と言っていたけれど、こちらも伴吉同様、人変わりをしたらしい。お糸がじっと見つめていると、茶を飲み干した嘉六がそっけなく告げた。

「ああ、おまえのな」

「あたしの?」

「伴吉さんのことで話があるんだってよ」

　父親の言葉を聞いたとたん、お鉄の目つきが剣呑(けんのん)になる。お糸をじろりと睨みつけ、閉めたばかりの腰高障子に手を伸ばす。

「だったら、表で話しましょう。あたしについて来てちょうだい」

　有無を言わせぬ口ぶりに、お糸はおとなしく後に続く。お鉄は人気のない細い路地まで歩き、立ち止まるなり振り返った。

「伴吉さんのことで話があるなんて……あの人とどういう仲なの」

「あたしは一膳飯屋の娘で、伴吉さんはそこの客です」

「ただそれだけで、わざわざうちまで訪ねてきたの」

「はい、昨日伴吉さんがべろんべろんに酔っ払ってうちに来たんです。そのとき、『よくも裏切ったな』と怒鳴られました。あたしが赤い絹のしごきを締めていたので、お鉄さんと間違えたんでしょう」

　ありのまま伝えると、お鉄はいっそう不機嫌になった。

「そんなのあたしのせいじゃないわ。怒鳴られた文句なら、伴吉さんに言いなさいよ」

「あたしは文句を言いに来たんじゃありません。お鉄さんのことが心配になって、様子を見に来たんです」

「何ですって」

「お鉄さんは井筒屋でしごきをもらうとき、豪華な振袖を着せられたんじゃありませんか。そのときのことが忘れられなくて、御屋敷に上がることを承知したんでしょう」

殿様のお手付きになれば、豪華な絹のきものが着られる。それが目当てでしょうと決めつければ、お鉄が気まずそうに目をそらす。やはりそうかとお糸は思い、ここぞとばかりに言葉を重ねた。

「惚れ合った相手を捨ててまで殿様の寝間に侍るなんておかしいわ。この世には好きな相手と添えない娘が大勢いるのよ。お鉄さんと伴吉さんは互いに思い思われて一緒になろうとしていたんでしょ」

知り合いだった柳橋の芸者は、惚れた男を諦めて泣く泣く金持ちの妾になった。料理洗濯針仕事といった女の仕事ができないから、並みの男のおかみさんは務まらないと言って。

その考えに従えば、並みの女に妾が務まるとは思えない。好きでもない相手の機嫌を取り、閨（ねや）の相手をするなんて。

思いとどまるなら今のうちだと、お糸はお鉄の手を摑む。だが、その手は邪険に振り払われた。

「わざわざそんなことを言いに来るなんて……ひょっとして、あんたも伴吉さんが好きだったの」

「そういう訳じゃないけれど」

言葉を濁したお糸を見て、お鉄はふんと鼻を鳴らす。

「あたしがあの人と一緒になろうと思ったのは、『きれいだ』って言ってくれた初めての人だからよ。心底惚れていた訳じゃないわ」

お鉄は顔立ちこそ整っていたが、口数が少ない上に愛想がなかった。そのため「すましている」とか「かわいげがねぇ」と陰口を叩かれることが多く、面と向かって口説かれたり、ほめられたことがなかったそうだ。

しかし、伴吉は違った。

——お鉄ちゃんは誰よりもきれいだ。俺はその顔を毎日眺めて暮らしてぇ。

真面目な職人の不器用な口説きに、年頃のお鉄はその気になった。「三月になったら、一緒になろう」と伴吉に言われ、今年の正月は一緒に祝った。

そして美人番付の噂が流れ出した先月の二十日過ぎ、伴吉が井筒屋の引き札を五枚くれたという。

――きっと赤いしごきをもらえるから、行ってきなって。

それまでお鉄は伴吉の言葉を「惚れた欲目」と思っていた。半信半疑で井筒屋に行くと、男前の手代はしきりとお鉄の器量をほめ、豪華な振袖まで着せてくれた。夢見心地で店を出れば、赤いしごきを締めた自分を道行く男たちが振り返って見る。

あたしは自分で思っていたより上等な女だったんだ――お鉄が自信を深めた今月十日、大身旗本の用人が長屋にやって来たそうだ。

「今のあたしに伴吉さんはふさわしくないわ。せっかく器量よしに生まれたんだもの。使わない手はないでしょう」

「お鉄さん、本気で言っているの」

「ええ、お糸さんだって赤いしごきをもらったんでしょ。あたしたちくらい器量がよければ、いくらでも道は開けるの。怖気づいている場合じゃないわ」

高らかに告げるお鉄の目にはこちらを蔑む色がある。お糸は二の句を継げなくなり、背を向けて歩き出す相手を引きとめることができなかった。

余計なお世話ということは重々承知の上である。本人が望んでいるのなら、それでいいのかもしれないが。

――わざわざそんなことを言いに来るなんて……ひょっとして、あんたも伴吉さんが好きだったの。

伴吉に未練がなかったら、そんな言葉は出てこない。お糸はしばしためらった末、白壁町へと足を向けた。

四

父に余一との仲を反対されなくなってから、お糸は前よりも頻繁に櫓長屋を訪ねるようになった。きものの始末の多くは屋内で行う。余一はたいがい長屋にいて、仏頂面でお糸を迎えた。

今日も井筒屋で赤いしごきをもらったこと、そして伴吉とお鉄のことを話したところ、相手はいっそう眉間を狭くした。

「お糸ちゃんもしごきをもらいに行ったのか」

「え、ええ。達平ちゃんが引き札を五枚くれたから」

「何もなかったか」

「あたしは別に。でも、手代さんから黒い四君子柄の振袖を羽織ってみろって言われたとき、何だか嫌な感じがしたわ」

あのとき感じた恐ろしさと昂ぶりはうまく言葉に言い表せない。お糸が困って眉を下げれば、余一がほっとしたような顔をする。

「だったら、いい。お鉄って娘のことは放っておきな」

「でも」

「本人が望んですることだ。周りがとやかく言うことじゃねぇ」

「それは、そうかもしれないけど」

「そろそろ店に戻らないと、九ツ（正午）になっちまうぜ」

突き放すような口ぶりにお糸は内心肩を落とす。

余一は元来、他人と関わることを嫌う。恐らくそう言うだろうとは思っていたが、実際に言われると悲しくなる。

「井筒屋で赤いしごきさえもらわなければ、お鉄さんだってお殿様の目に留まることはなかったのに」

お糸が頰をふくらませると、余一がおもむろに腕を組んだ。

「案外、そいつが井筒屋の本当の狙いだったかもしれねぇな」

「どういうこと」

「通りすがりに見初めたというが、その殿様はどうやってお鉄の住まいを突き止めたんだ。まさか四枚肩（しまいがた）の乗り物で後をつけた訳じゃあるめぇ」

「そういえば、そうね」

「だが、赤いしごきの娘なら身元はすぐにわかる」

「あら、どうして」

「井筒屋はしごきを渡すとき、娘の素性や住まいをこと細かに聞くんだろう。赤いしごきをもらった娘の数は多くないというし、貧しい娘はいつだって同じきものを着ているもんだ。こういうきものを着た赤いしごきの娘と言えば、井筒屋が名や住まいを教えてくれるに違いねぇ」

確かに、井筒屋の手代は住まいや年に始まって、「どうして今も独り身なのか」とまで聞いてきたけれど。

――器量のいい若い娘は心がけ次第で玉の輿にも乗れますのや。もっとずうずうしくならはったほうがええ。

言われた言葉がよみがえり、お糸は身を固くする。それを見た余一の表情に怒りの色が加わった。

「若い娘は着ているもので見た目がすっかり変わっちまう。粗末な恰好をしていれば、整った顔立ちをしていても案外気付かれねぇもんだ」

だが、そういう娘に美人の目印が付いていたらどうなるか。赤いしごきの娘が通るたび、男たちはこぞって身を乗り出す。評判の娘を手に入れたいと考える金持ちだって現れるだろう。

「そして、金に目がくらんだ娘は支度金を持って井筒屋に行く。井筒屋にしてみりゃ、金持ち連中には恩が売れ、娘には高価なきものが売れる。しごきをタダで配ったって、十分元が取れるって訳だ」

「それはいくら何でも考え過ぎじゃ……井筒屋さんは、しごきの色で美人番付をする気はなかったんですって。本人の顔立ちに合わせてしごきの色を選んでいたら、世間に誤解されたと言っていたわ」

お糸がおずおずと言い返せば、余一は眉を撥ね上げる。

「きものの色ならいざ知らず、しごきの色に似合うも似合わねぇもあるもんか。お糸ちゃんはしごきをどこに締める」

「腰、だけど」

「そう、頭にでも巻くんなら、顔立ちとの兼ね合いも大事だろう。だが、腰ならきものや帯に合わせるのが筋だと思わねぇか」

言われてみればその通りで、お糸は手代の言葉をやすやすと信じた自分がはずかしくなった。

「それじゃ、井筒屋はやっぱり美人番付をしていたのね」

「ああ、お鉄って娘は井筒屋のしかけた罠にまんまとはまっちまったのさ」

「だとしたら、なおのこと放ってなんておけないわ。余一さん、お願いだから力を貸してちょうだい」

お糸は両手を合わせたが、余一は口を閉じてしまう。同じ男として、伴吉を捨てたお鉄を許せないのかもしれない。

だが、お糸は井筒屋のほうが許せなかった。高価なきものに憧れる娘心に付け込むなんて、商売柄とはいえ性質が悪い。縋るような思いで見つめていたら、余一が気まずそうに目をそらす。

「その娘は絹の毒に当たったんだ。たやすくは治らねぇ」

「えっ、絹に毒なんてあるの」

驚いて聞き返せば、余一がうなずく。

「絹だけじゃねぇ。豪華な料理や酒、金のかかる派手な遊び……そういったものには人を惑わす毒があるのさ」

たとえば、腹を空かせた貧乏人は食えれば何でもいいと思う。だが、懐に余分な金があると、うまいものが食いたくなる。さらにたくさん金があれば、できるだけ高いものがいい、安いものなど食えるものかと思い始める。

そうして高価なものに慣れてしまうと、安いものでは心が満たされなくなると余一は言った。

「きものだって同じことさ。高価な絹の肌触りや色鮮やかさ、それを着たときの己の姿を知っちまうと、継ぎのあたった木綿の古着に袖を通すのが嫌になる。豪勢なきものを着るためなら、何でもする気になっちまうんだ」

「ちょっと待ってよ。きものだって食べものだって、生きるためにいるものでしょう。いいきものを着たり、高価な料理を食べるために生きている訳じゃないわ」

お糸だっておいしいものは好きだし、きれいなきものには憧れる。だが、それは絶対にないと困るものではない。

「だが、人が金を欲しがるのはそのためだろう。他人よりいい家に住んで、いいものを食って、いいきものを着て……絹の毒が抜けない限り、お鉄は貧乏な職人と一緒になれねぇと思うぜ」

「そこまでわかっているのなら、絹の毒を抜いてあげてよ。それはお医者さんじゃ治せない、きものの始末屋の仕事でしょう」

お糸が強引にこじつけると、余一が驚いたように目を見開く。ほどなくして苦笑しながら立ち上がった。

今度は余一と共に嘉六の住まいを訪ねれば、お鉄はお糸を見るなり苦虫を嚙み潰したような顔をした。

「あんたもたいがいしつこいわね。それに何よ。その男は」

「この人はきものの始末屋で余一さんです。どうしてもお鉄さんに言っておきたいことがあって」

父親に聞かれたくないのだろう。お鉄はこれみよがしに舌打ちしてから、お糸と余一を伴ってさっきの路地へ歩いて行く。そこでお糸は余一から聞いた井筒屋の企みを話したが、相手の態度は変わらなかった。

「だから、何だって言うの。あたしは井筒屋さんのおかげで運が開けたんだもの。むこうがどんなつもりでも構わないわ」

「それじゃ、伴吉さんが別の女と一緒になっても平気なのね」

このわからずやの強情っぱりと心の中で罵って、お糸は肩を怒らせる。お鉄は赤い唇を嚙み、お糸を横目で睨みつけた。

「ええ、どうぞご勝手に。あたしにはお殿様がいるもの」

負けじとお鉄が言い返せば、余一が横から口を挟む。

「つまり、伴吉はおめぇにとっていらなくなったぼろのきものと同じって訳か」

「まあ、そんなものね」

「気の毒に」

その言葉に実感がこもっていたからだろう。お鉄がまなじりをつり上げる。

「仕方ないでしょう。あたしは玉の輿に乗るんだもの」

「勘違いしねぇでくれ。おれが気の毒にと言ったのは、おめぇのこったぜ」

「どういう意味よ」

「伴吉は真面目な職人だ。贅沢はできなくても、女房を大事にするだろう。おめぇとの仲が壊れたと知れば、すぐに別の女が寄ってくる。二、三年もすりゃ、おめぇのことなんぞすっかり忘れて、女房子供と楽しく暮らしているはずだ」

言われて一家団欒（だんらん）の図を思い浮かべたのか、お鉄の顔がくしゃりと歪（ゆが）む。そんな顔をするくらいなら、どうして奉公に上がろうとするの――お糸がそう言おうとしたら、一瞬早く余一が言った。

「その頃、おめぇはどうしているか。三年も経てば、二十歳は超えているだろう。殿様の足も遠のいてさびしい思いをしているか、いや、とっくに親元へ帰されているかもしれねぇな」

「縁起でもないことを言わないで。草野義臣様はあたしをたいそう気に入ってくださっているんだから。御用人様がそうおっしゃっていたわ」

「その殿様は草野っていうのか。今は気に入っているだろうが、三年後はわからねぇぜ。現におめぇだって伴吉を捨てたじゃねぇか」

「だけど、それは」

「殿様の子を身籠ったところで、赤ん坊が生まれたとたん、おめぇの手から引き離される。どう転んでも、親子三人で祭り見物に出かけるような真似はできねぇ。贅沢なきものを着て、うまいもんを食べる暮らしと引き換えに、おめぇはそういうしあわせに背を向けたんだ。まさか、その覚悟もなしでお手付きになろうとしていたんじゃあるめぇな」

「………」

「さっき、おめぇは認めたじゃねぇか。伴吉はいらなくなったぼろのきものだと。おめぇが殿様に捨てられたとき、伴吉はどんな顔をするか。ああ、別れた女のことなんてとうの昔に忘れているか」

「やめてっ」

容赦のない余一の言葉にお鉄が両耳をふさぐ。これ以上聞きたくないと全身で訴える娘の前で、余一は構わず話し続けた。

「どんなに高価なきものも時が経てば朽ちる。そうなったときに捨てられるか、それでも大事にされるかは持ち主の心次第だ。おめぇは殿様にとって、なくてはならないきものになれるのか」

お鉄が目に涙を浮かべてしゃがみこんでしまったとき、「もうやめてくれ」と背後で声がした。

「俺の稼ぎがもっとよければ、お鉄ちゃんだって妙なことは考えなかった。お鉄ちゃんばかりが悪い訳じゃねぇ」

振り向けば、飾り職人の伴吉が青い顔で立っている。お糸は「でも」と言いかけたが、余一に手で制された。

「確かにおめぇの言う通りだ。おめぇと所帯を持つより御屋敷に上がれとその口で言うなら、脇でとやかく言うこたぁねぇ。お糸ちゃん、帰ろうぜ」

あっさり余一は引き下がるが、お糸はすぐにうなずけない。せっかくお鉄の中で迷いが生じたところなのだ。

頬をふくらまして両足を踏ん張ると、余一に強く腕を引かれた。

「心配しなくてもなるようになるさ。絹の毒には惚れた男の言葉が一番の薬だ。伴吉だって心底愛想を尽かしていたら、ここには現れねぇだろう」

言われてみればその通りで、お糸は小さくうなずいた。

五

日増しに暖かくなってきた二月二十五日の八ツ半（午後三時）頃、伴吉とお鉄が連れだってだるまやにやって来た。お糸と余一が訪ねた後、二人はよく話し合って一緒になることを決めたらしい。

「それじゃ、お鉄さんは奉公を断る気になったのね。早まった真似をしないでくれて、本当によかったわ」

お糸は手を打って喜んだものの、冴えない二人の表情が気になった。「何かあったの」と尋ねれば、伴吉が力なくうなだれる。

「昨日、嘉六とっつぁんと俺で草野様の御屋敷へ行ったんだ。お鉄は井筒屋に行ったものの、あれこれ目移りしちまってきものを頼んじゃいなかった。手付かずの支度金をそっくり返せば、話はすむと思ったのさ」

ところが、草野家の用人は「馬鹿を申すな」と一蹴した。

支度金を渡したときの受け取りには、「万に一つ断るときは、支度金を倍にして返す」という一文が入っていたらしい。「どうでも断ると申すなら、百両持ってまいれ」と追い返され、伴吉たちは途方に暮れているという。

「そんなのひどいわ。やり口があんまり汚いわよ」

「だが、そういう約定を交わしているんじゃ仕方あるめぇ。それでなくても相手は大身の殿様なんだろう。喧嘩をするには分が悪いや」

横で聞いていた父の清八が渋面を作る。お鉄は目を赤くして、「ごめんなさい」と頭を下げた。

「元はと言えば、金に目がくらんだあたしが悪いの。やっぱり初めの約束通り、御屋敷に上がることにするわ」

「初めの約束通りというなら、なおさら伴吉さんと一緒になるべきよ。お鉄さんだって今ではそうしたいんでしょう」

眉をひそめたお糸の前で、お鉄が両手を握り締める。

「……伴吉さんが他の女と一緒になっても平気なのねって、お糸さんに言われて目が覚めたの。あたしは豪華なきものを着ることばかり考えていたけど、この人の隣にあたし以外の女がいて、笑い合っているところを思い浮かべたとたん、胃の腑がねじれるように痛んだわ。でも、もう遅いのよ」

「遅くなんかないわ。ねぇ、伴吉さん」

お糸は傍らに立つ伴吉を見たが、真面目な男は目を合わせようとしない。じっと下を向いている。

「だが、俺に五十両なんて金は」

そう呟いた伴吉は苦しげに肩を震わせる。言葉を失うお糸に代わって、父がつらそうに言った。

「かわいそうだが、ここはお鉄ちゃんが御屋敷に行くしかねぇだろうな。子さえできなきゃ、一、二年でお払い箱になるかもしれねぇ。せいぜい手切れ金を巻き上げて、そいつを持参金に伴吉と一緒になったらどうだい」

「おとっつぁん、馬鹿なことを言わないで。そんなの伴吉さんはもちろん、お鉄さんだってかわいそうよ」

お糸がすかさず文句を言えば、父に横目で睨まれる。

「それが嫌なら、二人はすっぱり別れるこった。伴吉、おめぇはどうしたい。元はと言えば、お鉄が蒔いた種だろう。おめぇが付き合う義理はねぇんだ。お鉄もそれをわかっているから、奉公に行くと言ってんだぜ」

非情な父の言葉にお鉄の目から涙がこぼれる。縋るような目で伴吉を見るが、相手は下を向いたままだ。

このままなす術もなく伴吉とお鉄が別れたら、自分はいたずらに二人を傷つけたことになる。そんなことはさせられない。

「あたしと余一さんで何とかするわ。お願いだから、二人とも早まった真似はしないでちょうだい」

お糸は怒鳴るように言い、そのまま店を飛び出した。

櫓長屋へ駆けていくと、余一は今日も家にいた。伴吉とお鉄のことを伝えると、厳しい表情で立ち上がる。

「おれは今から出かける。お糸ちゃんは店に戻ってな」

「ひょっとして御屋敷に掛け合いに行くの。だったら、あたしも連れてって」

「おれが行くのは殿様のところじゃねぇ」

「それじゃ、どこに行こうって言うの。あたしは余一さんの行くところなら、どこへでもついて行きますからね」

余一を巻き込んだのは自分だから、ひとりで行かせる訳にはいかない。土間に立ったまま一歩も引かないお糸を見て、余一が苛立たしげにこぶしを握る。

「おめぇがいると、足手まといだと言ってんだ」

「そんなに危ないところなら、ますますひとりでなんか行かせられないわ」

「襲われたことがあるくせに。絶対について来るんじゃねぇ」

余一の発したその一言でようやく行き先の察しが付く。

「まさか、井筒屋に行くつもりなの」

「……おれが屋敷に押しかけたって、門前払いされるだけだ」

「でも」

井筒屋に行ったところで、お鉄の奉公がどうにかなるとは思えない。たとえきっかけが赤いしごきで、井筒屋がお鉄の名や住まいを殿様に明かしていたとしても、じかに取り持った訳ではないのだ。

困惑するお糸に余一はなだめるような声を出す。

「お鉄に会ってから、気になって調べたことがある。そいつが本当かどうか、確かめに行くだけだ」

「だったら、あたしも一緒に行く。駄目だって言われたってついて行くから」

「だから、それは」

「どうしてもひとりで行くって言うなら、あたしはあたしで井筒屋に乗り込んでやるんだから」

必死の思いが伝わったのか、余一がうつむいて額を押さえる。ややして、「しょうがねぇな」と顔を上げた。

井筒屋へ行く道すがら、余一は口を利かなかった。その後ろをお糸は小走りについて行く。おかげで店に着いたときには、息が切れてしまっていた。

「おや、これはお糸さんやおへんか。今日はまた、えらい男前とご一緒で」

お糸が敷居をまたいだとたん、しごきをくれた手代が目ざとく声をかけて来た。からかうような口ぶりにむっとすると、余一が低い声を出す。

「ここの主人に話がある。会わせてもらいてぇ」

「あいにく、主人は留守にしております。どうぞ出直して来ておくれやす」

名を尋ねることもしなければ、頭を下げることもない。見下していることを隠さない手代にお糸が文句を言おうとしたら、またも余一に先を越される。

「だったら、あんたでもいい。ここは呉服屋じゃなく、女衒の元締めだったのか。それならそうとわかるような看板を揚げてもらいてぇ」

「これはまた人聞きの悪いことを。手前どもが何をしたと言わはるのやら」

「江戸の娘たちにタダでしごきを配ったのは、妾の周旋目当てじゃねぇのかい」

余一の際だって端正な顔で睨まれると、並みの男よりはるかに恐ろしい。手代は束の間怯んだが、すぐに引きつった笑みを浮かべた。

「はて、どういう意味どすか。確かに引き札と引き換えにしごきはお配りいたしました。それは娘さん方に井筒屋まで足を運んでもらい、手前どもの品のよさを知っていただくためでおす。妾の周旋やなんて言いがかりもええところや」

「器量よしにはひときわ目を惹く赤いしごきを配り、井筒屋はしごきの色で美人番付をしていると噂を流す。そうすりゃ、赤いしごきの娘を手に入れようとする金持ちが現れるだろう。あらかじめそう考えて、しごきを渡すときに住まいや年を聞いておいたんじゃねぇのかい」

「とんでもない。名や住まいをうかごうたんは、ひとりでしごきを何枚も持って行かれたら困るからどす」

「なら、どうして美人に限って赤いしごきを配ったんだ」

「そやから、似合う色を選んで」

「しごきの色は、きものや帯の色に合わせるもんだろう。腰に締めるものを顔立ちに合わせてどうすんだ」

とぼける手代に余一は遠慮なく吐き捨てる。これには相手も一瞬詰まったものの、すぐにふてぶてしい笑みを浮かべた。

「貧乏人には呉服のことなどわからへん。知ったかぶりは怪我の元や」

「知ったかぶりはどっちだと言いたいところだが、人の皮をかぶった獣にきもののことなどわかるはずがねぇからな。知ったかぶりも仕方あるめぇ」

「何やて」

「きものってなぁ人だけが着るもんだ。人の心を持たない獣が商うなんて片腹痛ぇや。とっとと店をたたんで京に帰れっ」

「余一さんっ」

店先で派手に喧嘩を売られ、他の手代も殺気立った表情で近づいてくる。お糸が慌てて止めたとき、奥から身なりのいい若い男が現れた。

「お客さんの前で何ちゅう顔をしてんのや」

呆れたような叱責に手代たちが振り返る。そして、言い返すこともなく「すんまへん」と頭を下げる。若い男はうなずいて、お糸たちのほうを見た。

「手前がこの店の主人、愁介でおす。お話は奥でうかがいますよって、どうぞ上がってくんなはれ」

そう名乗った男は余一よりも若そうで、お糸はぽかんとしてしまった。まさか老舗の江戸店の主人が二十代の若者とは。しかも、目元の涼やかな稀に見るいい男である。

「お糸ちゃん」

小さな声で余一に呼ばれ、お糸はようやく我に返る。そして、慌てて下駄を脱ぎ、二人の後を追いかけた。

奥の座敷に通されるなり、余一は用件を切り出す。

「ここで赤いしごきをもらったお鉄という娘に屋敷奉公の話がきた。一度は承知したものの、すぐに思い直して支度金を返そうとしたんだが、『断るときは倍返しだ』と追い返されちまったらしい。旦那のほうから草野義臣という殿様に断りを入れてくれねぇか」

余一がひと息に言い終えると、井筒屋の主人は甘く整った顔を大げさに歪めてため息をつく。

「他人に頼み事をしはるなら、まず名乗らはるのが筋やおへんか」

至極まっとうな言い分に余一はぶすりと名を名乗る。

「……余一だ。きもの始末屋をやっている」

「あたしは岩本町の一膳飯屋、だるまやの娘で糸と言います」

「岩本町のお糸さんと言えば、赤いしごきをもらわはった娘さんやろ。今日は締めてくれはらへんのどすか」

どうやら、手代から話を聞いているらしい。にっこり笑って尋ねられ、お糸は思わず目をそらす。

「ええ、あの、あたしには贅沢すぎて」

「そないなことあらしまへん。お糸さんには赤いしごきがよう似合うはずや。手前が太鼓判を押します」

「そんなことより、おれの話はどうなった」

さっきよりも低い声で余一が話に割り込んでくる。愁介が苦笑した。

「赤いしごきを締めていたというだけで、無理難題を持ち込まれても困ります。奉公を断りたいなら、ここではのうて、そのお殿様のところへ掛け合いに行かはったほうがよろしおす」

「その殿様が聞く耳を持たねぇから、旦那のところへ来たんじゃねぇか。お鉄を周旋した責任を取ってもらいてぇ」

「手前はそないな真似してまへん」

言いがかりだと言わんばかりに愁介は目を見開く。その表情を見てお糸は納得しかけ、余一は皮肉っぽく口の端を歪めた。

「だったら、殿様はどうやってお鉄の住まいを突き止めたんだ。おめえさんが教えたんだろう」

「大勢いてはる御家来が捜さはったんやおへんか」

「それじゃ、あくまで関わりないと」

「もちろんどす。手前どもは赤いしごきを目鼻立ちのはっきりした娘さんに差し上げましたけど、それはあくまで似合うからや。妾の斡旋とは勘違いも甚だしい。いい加減なことは言わんといてくんなはれ」

穏やかな口調ながらきっぱり言い返され、お糸は居たたまれなくなった。

今度ばかりは余一の読みも間違っていたようだ。ここで筋違いな文句を言っている暇に、屋敷に行ったほうがいい。

「余一さん」

もう帰りましょうと言おうとしたとき、余一が愁介を睨みつけた。

「おれが知っているだけで、お鉄を含めて五人いる」

「何のことや」

「ここで赤いしごきをもらってから、『囲い者にならないか』という誘いがあった娘の数だ。そのうち三人は承知している。お鉄も決まれば、四人になるな」

まさかそんなにいるとは思わず、お糸は両手で口を押さえる。だが、愁介は穏やかな表情を崩さなかった。

「赤いしごきは美人の証と評判になりましたからなぁ。得意になって締めていて、お大尽の目に留まりましたんやろ。本人が納得づくで奉公に上がると言うなら、けっこうなことやおへんか」

「ああ、おれも最初はそう思った。だが、金持ちや身分の高い連中はてめぇの足で動かねぇ。駕籠や乗り物に乗っていたら、通りすがりの娘の顔なぞはっきり見えるはずがねぇんだ。それにまがいものの赤いしごきもずいぶんいたと言うじゃねぇか。妙だなと思っていたら、妾奉公を決めたひとりに言われたのさ」

──あたしはもらったしごきをすぐに売ってしまったんです。ですから、赤いしごきを締めているところを見初めたと言われて驚きました。

その娘は貧しい上に弟妹が多かった。そのため、妾になることを承知したという。

──言い交わした人がいたんですけど、嫁入り支度をするお金もないし。あたしさえ我慢をすれば、弟たちは手習いだってできますから。

余一の口から語られた娘の言葉にお糸ははっとした。井筒屋の手代から無筆かどうかを尋ねられたが、あれはどのくらい貧しいかを確かめるためでもあったのか。

お糸が肩を震わすと、余一の目が鋭さを増す。

「それで、ようやくわかったんだ。殿様たちは通りすがりにたまたま見初めたんじゃねぇ。赤いしごきをもらった娘をわざわざ見に行ったのさ。旦那は、金に困っていたり、贅沢な暮らしに憧れているような娘たちの名と住まいを教えたはずだ。器量のいい素人娘を囲いたがっている連中にな」

「あほなことを」

「認めねぇならそれでもいいが、おれはてめぇが調べたことを瓦版屋に売りつけるぜ。井筒屋で赤いしごきをもらうと、店の客から妾奉公の口がかかる。そんな噂が広まれば、この店の敷居を跨ぎづらくなる客が大勢いるんじゃねぇか。世間には悋気の強い奥方や御新造が多いからな」

嫌味たらしく余一が言えば、愁介の様子が一変した。にこやかに受け答えしていたのが嘘のように黙り込み、上目遣いに余一を睨む。

しばし無言で睨み合った末、くやしそうに口を開いたのは愁介のほうだった。

「とんだ言いがかりやけど、掲げたばかりの井筒屋の看板に傷がついたら困ります。草野の殿様はお得意様やし、お鉄とかいう娘のことは諦めてもらうようにお願いしましょ。それでよろしおすな」

突然手のひらを返したのは、余一の言い分が正しいと認めたことに他ならない。昔から「うまい話には裏がある」と言うけれど、ここまで真っ黒だとは思わなかった。

うなずいた余一が立ち上がると、お糸も唇を噛んで後に続く。ここで口を開いたら、思う存分井筒屋を罵ってしまいそうだった。

その刹那(せつな)、思い出したように愁介が二人を呼び止める。

「そういえば、さっき手代に『きものを着るのは人だけだ』と言うてはりましたな」

「それがどうした」

余一が愁介を見下ろすと、相手は嫌な笑みを浮かべた。

「人と獣を分けるのは、きものだけやあらしまへん。己の足では足りず、金銀のお足を使うのも人だけどす」

どこか楽しげなその声に、お糸は不吉なものを感じた。

付録　主な着物柄

貝合わせ

同名の遊びで使われる蛤の殻を散らした文様。蛤は二枚貝の中でも特にぴたりと合わさることから、夫婦・家庭円満の意味を持つめでたいものとされる。「蛤文」とも呼ばれる。

源氏香

香合わせという遊びで、香の異同を当てるときに使う符号を文様化したもの。

十字絣

あらかじめ部分的に染めた経緯の絣糸を用いて、十字形を織り出したもの。木綿絣の基本文様のひとつ。

撒き糊散らし

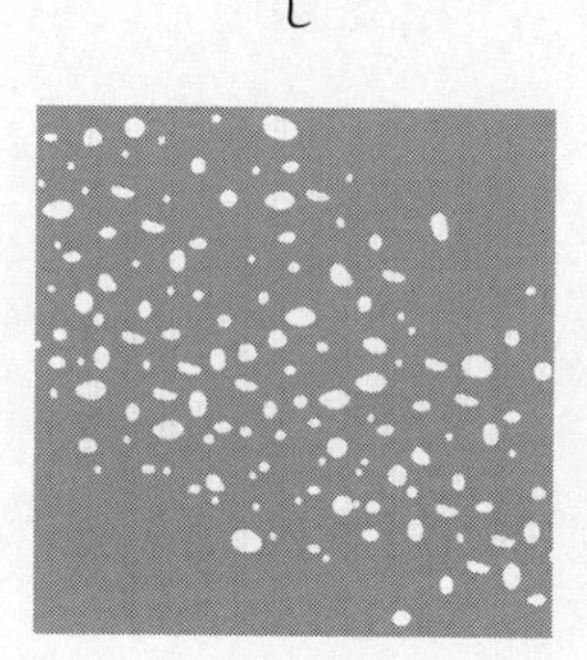

湿らした布地の上に防染糊を細かく撒き散らして染色し、雪が降ったような模様を表わしたもの。

金通し縞

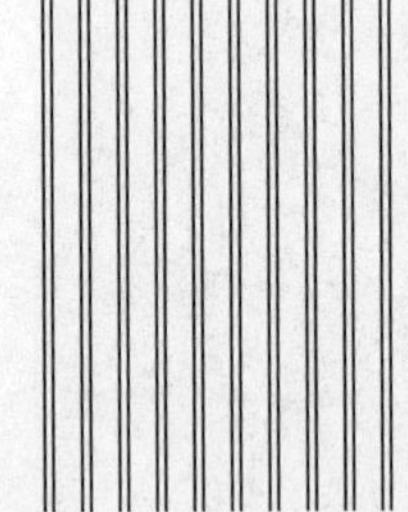

平行に並んだ二本の大名縞を一組とし、それを同間隔で繰り返した縞模様。「二つ大名」とも呼ばれる。

蝙蝠

「蝙蝠」は、「蝠」が「福」と同音であることから中国では福を呼ぶめでたい動物とされる。文様化したものが日本にも伝わり、吉祥文様として普及した。

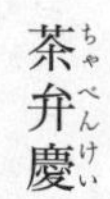

茶弁慶（ちゃべんけい）

二色の色糸を用いた、広めの同じ幅からなる格子縞を弁慶縞といい、そのうち、茶と紺の二色づかいのもの。

矢羽根柄（やばねがら）

矢の上部に付ける、鷲、鷹、鳶などの羽根を文様化したもの。

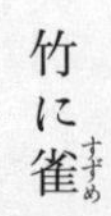

竹に雀（すずめ）

ともにめでたい意味を持つ竹に雀を配した文様。

雪持ち柳（ゆきもちやなぎ）

しだれ柳の枝に雪の積もった様子を文様化したもの。

猫足絣（ねこあしがすり）

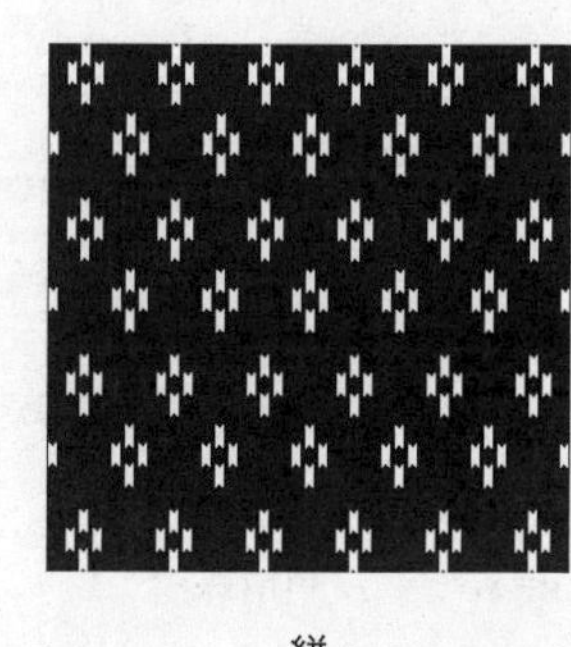

絣柄のひとつで、猫の足跡を文様化したもの。

四君子（しくんし）

高潔で気品があるとされ、草木の中の君子とされた、梅、菊、蘭、竹を組み合わせた文様。中国では古来、吉祥文様として扱われた。

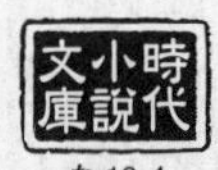

な 10-4

雪とけ柳 着物始末暦㊃

著者 中島 要

2015年2月18日第一刷発行

発行者 角川春樹

発行所 株式会社 角川春樹事務所
〒102-0074 東京都千代田区九段南2-1-30 イタリア文化会館

電話 03(3263)5247［編集］ 03(3263)5881［営業］

印刷・製本 中央精版印刷株式会社

フォーマット・デザイン＆シンボルマーク 芦澤泰偉

ISBN978-4-7584-3874-2 C0193

http://www.kadokawaharuki.co.jp/［営業］
fanmail@kadokawaharuki.co.jp［編集］ ご意見・ご感想をお寄せください。